ALICE

et autres nouvelles

Si vous désirez être régulièrement tenu au courant
de nos publications, écrivez-nous :

LA MUSARDINE
libraire/éditeur

122, rue du Chemin-Vert - 75011 Paris

En couverture :
Photographie de Irina Ionesco
© Irina Ionesco

Maquette : Dominique Dupré.

Texte Intégral

ISBN : 2-84271-150-5
ISSN : 1275-1065
RC Paris B 320 441 660

ANAÏS NIN
et ses amis

ALICE

et autres nouvelles

Traduit de l'américain par Alain Defossé

La Musardine

PRÉSENTATION

Dans la préface de la première édition française de ce volume (que nous avons conservée dans la présente édition, la plaçant simplement en postface), le fameux libraire new-yorkais C.J. Sheiner, couvre ces nouvelles d'éloges :

« Vers 1940, fut publié un des plus curieux livres érotiques confidentiels jamais parus aux États-Unis. À la différence de la grande majorité de la production érotique d'alors, la fiction en était d'une sensualité extrême [...] et l'écriture d'une habileté quasiment inconnue à l'époque dans ce genre littéraire [...]. Même dans leurs passages les plus descriptifs, les plus sexuellement explicites, il est difficile de qualifier ces récits d'obscènes ou de pornographiques. Ils sont simplement trop bien écrits pour cela »...

*Fort bien. Mais qui serait l'auteur d'*Alice *(à l'origine* White Stains, *titre repris d'Aleister Crowley, Anglais* « mystique et spécialiste de l'occultisme » *) ? À vrai dire, après avoir lu C.J. Sheiner, on ne sait pas très bien. D'après lui, beaucoup de noms notoires peuvent avoir trempé dans cette production, en qualité de membres de l'*« Organization », *rassemblement d'auteurs un peu connus, mais débutants ou nécessiteux, réduits à vendre une production érotique rédigée sur commande de certains libraires pour de riches amateurs vers les années 30 et 40* [1]*. Parmi eux, au premier rang, Henry Miller et Anaïs Nin. Mais aussi Caresse Crosby, Gene Fowler, Jack Hanley, Georges Barker,*

1. Voir pour d'autres détails notre préface à *Opus pistorum* d'Henry Miller, dans la même collection.

et autres noms plus célèbres aux États-Unis qu'en France.

Mais aussi Gershton Legman, l'érotologue bien connu [1], *qui abandonna assez vite l'«* Organization *», parce que, disait-il, écrire systématiquement des textes obscènes le rendait impuissant. Ce qui était aussi le cas d'Henry Miller, aux dires de C.J. Sheiner.*

À vrai dire, nous laissons au cher C.J. Sheiner la responsabilité d'un certain nombre de ses affirmations. Ce n'est pas lui faire injure que de dire qu'une certaine fantaisie préside à ce qu'il raconte, et que la prudence commande quelque réserve à cet égard.

Et la première réserve concerne l'auteur (ou les auteurs) de ce volume. Le placer aussi délibérément sous le patronage d'Anaïs Nin me paraît bien aventuré.

D'ailleurs, Sheiner lui-même le reconnaît, quand il écrit sur la fin de son texte :

« Au fil des ans, ce recueil a été presque oublié. Personne n'a déclaré ouvertement en être l'auteur, et jusqu'à la présente édition, seuls ceux qui ont eu la chance de trouver un exemplaire de cet ouvrage original de plus en plus rare, ont pu savourer le raffinement du plaisir qu'il offre »

Eh bien, s'il faut tout dire, j'en suis assez heureux. Disons-le tout net : je ne suis pas un fanatique d'Anaïs Nin. Au contraire. Elle m'agace un peu, même beaucoup. Trop de préciosité, de prétentions. Son Journal, *comme il est irritant, souvent, dans son écriture « artiste », sa psychologie répétitive, ses perpétuels allers-retours. «* Ah ! que j'aime Henry Miller ! Mais dans le fond Allendy me plaît bien ! Et puis Artaud n'est pas inintéressant... Mais voilà mon mari qui arrive ! Qu'est-ce-qu'ils ont tous après moi ? Évidemment, je suis si séduisante ! Mais c'est Henry que je préfère, au

1. Voir notre préface au tome 1 de *Ma vie secrète*.

fond ! Pourtant mon père... Ah ! mon père ! »

Etc., etc. En fin de compte, tout ça nous est un peu égal. Quelquefois, dans des nouvelles comme Venus erotica, *écrites sur commande dans les circonstances précitées, passe un peu d'authenticité...*

*Seulement, voilà. En fin de compte, il n'est pas sûr du tout qu'*Alice *soit d'Anaïs Nin. On peut même être à peu près certain que toutes les nouvelles ne sont pas d'elle, quoiqu'en dise Sheiner, qui suggère que* « les similarités remarquables qui existent entre ces nouvelles et celles que Nin a revendiquées — vocabulaire, syntaxe, point de vue, rythme, etc. — ne peuvent être niées ».

*Justement, si. On peut parfaitement le nier. Alors qu'*Opus pistorum, *dont Sheiner retire la paternité à Henry Miller pour la restituer à Caresse Crosby, est bien de celui-ci, au moins en grande partie, à cause de mille détails de « similarité » inimitables. Le chapitre d'*Opus pistorum *intitulé « Sous les toits de Paris », en particulier, est absolument « signé », et très reconnaissable. À mon avis du moins.*

*Au fond, que nous importe ? Le souffle de liberté qui passe dans la plupart des pages d'*Alice, *surtout si l'on se reporte à l'époque et à la culture terriblement « coincées » dont le volume est issu, est suffisant à en justifier la diffusion que nous en faisons.*

Jean-Jacques Pauvert

ALICE

Je la rencontrais régulièrement au bal, en hiver. C'était une danseuse extraordinaire, et une petite merveille. Cela va sans dire : à force de la tenir dans mes bras, j'eus le désir de la connaître davantage. Bientôt, de légères pressions des mains et des bras posaient entre nous des questions silencieuses, et y répondaient de même. Sans prononcer un mot, elle me fit ainsi savoir qu'un jour, elle consentirait à aller plus loin.

Plus tard, au printemps, nous avions accoutumé de nous promener ensemble dans les collines, par les beaux après-midi. Nous roulions jusqu'à la campagne puis, dissimulant la voiture au bord de quelque route tranquille, nous nous enfoncions au hasard dans les bois frais et verdoyants. Nous aimions particulièrement certaine petite clairière découverte un jour, où nous nous arrêtions souvent pour nous reposer, sûrs de n'être pas dérangés. Mais Alice, quoique prodigue de baisers et de mignonnes caresses, refusait absolument de se livrer davantage ; quant à moi, j'étais trop attaché à elle et trop désireux de découvrir quand et comment elle cèderait pour insister outre mesure, me contentant de lui montrer clairement ce que je désirais.

Sa reddition survint dans les circonstances singulières que je vais narrer ici. Par un bel et chaud après-midi de mai, comme nous nous dirigions vers notre petite clairière, quelle fut notre surprise d'y trouver déjà un autre couple de jeunes amoureux. Totalement absorbés l'un en l'autre, ils ne nous avaient pas entendus et, discrètement, nous prîmes quelque distance, nous asseyant dans une trouée parmi les buissons pour observer la suite des événements. Alice se révélait visiblement fort intéressée et excitée par cette situation.

La jeune fille était couchée sur le dos, à l'ombre d'un arbre. Le jeune homme était allongé à côté d'elle, et leurs lèvres se touchaient. Le murmure indistinct de leurs voix parvenait jusqu'à nous. Blottis comme nous l'étions dans notre cachette, l'un contre l'autre, c'est tout naturellement, et sans penser mal faire, que je posais mes lèvres sur celles d'Alice. De toute évidence, celle-ci trouva mon geste bienvenu, car elle me rendit mon baiser, avec intérêts. Lesdits intérêts consistaient en un bref effleurement de mes lèvres, du bout de sa langue. Ce baiser dura un certain temps.

Lorsque nous levâmes de nouveau les yeux, la scène avait quelque peu évolué. Alice laissa échapper un petit hoquet de surprise, et, mon Dieu, il y avait de quoi. L'amant était à présent couché sur le flanc, appuyé sur son coude, et sa main libre froissait les plis naguère impeccables de la jupe de sa bien-aimée. Afin, peut-être, de détourner son attention de cette main – de faire diversion, pour le moins –, il l'embrassait avec ardeur. Mais il avait bien sa main sous sa jupe, qu'il avait retroussée de sorte que nous distinguions deux jambes fuselées, gainées de soie bleu pâle. Les deux petits pieds, chaussés de mules également bleues (parfaitement incongrues pour une promenade dans les collines) demeuraient paisiblement croisés. L'amant caressait la soie pâle des bas.

« Peter », chuchota Alice d'un ton de reproche. Car, dans sa position à croupetons, presque recroquevillée, une jambe fort attirante s'était échappée de sous sa jupe, dévoilée jusqu'au genou, et ma main s'était posée sur la soie vert sombre qui la recouvrait. Mais sans doute son attention dut-elle être attirée par autre chose, car après cette seule remontrance, elle se pencha plus en avant, les yeux rivés sur ce qu'elle observait, tandis que ma main savourait le contact délicieux de la soie verte tendue sur une jambe magnifiquement modelée.

Je cessai d'admirer les contours de la jambe de soie vert sombre pour voir ce qu'il en devenait des jambes de soie bleu pâle. Ma main, qui ne me servait à rien pour cela, demeura là où elle se trouvait bien. Les jambes bleu pâle se révélaient particulièrement intéressantes. La jupe avait encore remonté – découvrant à présent les bas sur toute leur longueur. Ils s'arrêtaient un peu au-dessus du genou, et l'on découvrait ainsi quantité de cuisse blanche et dodue, que l'amant caressait et pelotait tendrement. Les deux chaussons gisaient à présent côte à côte, et la fille enlaçait de ses bras la nuque de son amant, dévorant son visage de baisers, tandis qu'il lui caressait amoureusement les cuisses.

« Peter ! », chuchota de nouveau Alice, plus sèchement. Car étrangement, comme je quittais des yeux la jambe vert sombre, ma main, abandonnée à elle-même, et sans le secours du regard pour la guider, s'était quelque peu égarée ; en fait, elle avait franchi la limite de la soie verte et goûtait à présent le contact délicieux de la chair douce et chaude. Alice s'agita vaguement, comme impatientée, mais je constatai avec plaisir que, dans ce mouvement, elle dégageait un peu plus ses jambes de sous la jupe. Baissant les yeux pour voir quels changements étaient intervenus grâce à cette nouvelle position, je fus submergé de joie en découvrant là, à portée de ma main, un morceau particulièrement appétissant de cuisse blanche et potelée, à moi destinée. À portée de main, réellement, et ladite main se fit un devoir de saisir cette occasion, ou plus exactement de choisir l'ombre plutôt que la proie, découvrant peu à peu, et sans entrave, des régions encore inédites et si douces à toucher.

« Pete, regardez », fit de nouveau Alice. Nous regardâmes. À moins de cinq mètres de nous, l'autre couple poursuivait ses distractions, ne se doutant toujours de rien. La fille avait changé de position – sa jupe était à présent retroussée franchement au-dessus de la taille ; ses jambes étaient entièrement dévoilées, ainsi que ses hanches. De toute évidence, cette jeune dame ne portait ni slip, ni culotte ! Le jeune homme s'était redressé et se débattait avec ses propres vêtements, les yeux fixés sur ce spectacle délicieux. Les deux jolies jambes étaient à présent légèrement écartées, et l'on distinguait un adorable petit nid de poils.

« Oh, Pete », fit Alice dans un sursaut, cette fois. Car, tandis que le jeune homme ôtait ses vêtements, la main de sa bien-aimée se tendit vers quelque chose, qu'elle saisit. L'amant s'étira, se tortilla brièvement, et une jambe virile et nue jaillit de son pantalon – nue à l'exception d'une chaussure, d'une chaussette et d'un fixe-chaussette rouge. Cette jambe nue vint trouver sa place en travers d'une autre jambe nue, entre les jambes de la femme, les jambes de la femme entre celles de l'homme et, satisfait de cette disposition des corps, l'amant s'étendit sur sa bien-aimée, l'entourant de ses bras tandis qu'elle l'entourait des siens. Ils commencèrent de bouger très lentement, comme s'ils se frottaient l'un contre l'autre.

J'avais pris la main d'Alice et, la guidant, je lui montrai que j'avais également quelque chose à tenir, si sa main en avait le désir. Et de fait, elle s'en saisit sans tarder et, la flattant d'une main distraite, me procura un plaisir non négligeable. Mais elle n'arrivait pas à détacher son regard de la scène qui se déroulait devant nous.

Des murmures, de doux roucoulements nous parvenaient. Alice et moi cessâmes un instant d'observer les amants. Elle s'approcha encore, se laissant aller contre moi, et ce faisant, s'arrangea pour que ses vêtements dévoilent ses deux jambes dénudées. À ma profonde surprise, Alice aussi négligeait les slips et les culottes. Avec un regain d'assurance, je laissai mes mains parcourir sans entrave la chair divine de ses cuisses et de ses hanches. Nos lèvres se joignirent bientôt, et j'appris comment Alice pouvait embrasser, lorsqu'elle en avait réellement envie. Comme ma main, dans son errance, rencontrait certains friselis très doux, ses lèvres et sa langue m'assaillirent avec une ardeur impétueuse.

Mais la curiosité tourna de nouveau mon regard vers les deux autres amants. « Alice, regardez ! » chuchotai-je, et, tandis que nous les observions, nos mains se firent fort actives, tandis que nos yeux s'abreuvaient d'un spectacle singulièrement lascif. Tous deux étaient à présent assis côte à côte, entièrement nus à partir de la taille, et la fille avait dégrafé son corsage, de sorte que l'on voyait apparaître ses seins délicats. Chacun enlaçait l'autre d'un bras, et leurs lèvres étaient soudées. De leur main libre, ils jouaient avec les jouets les plus délicieux que puisse trouver la main d'un homme ou d'une femme. Celle de l'homme allait et venait entre les cuisses écartées de son amie, tandis que celle de la femme tenait quelque chose de dur et de raide, qu'elle manipulait avec douceur.

« Oh-oh-oh ! », fit Alice, le souffle court, avant de m'embrasser furieusement. Inutile de dire que je lui rendis son baiser, non moins furieusement. Sa main aussi tenait à présent quelque chose de dur et de raide, qu'elle caressait d'une manière aussi délicate que délicieuse. Ma main était entre ses ravissantes cuisses, et la façon dont elle réagissait à ses attentions me prouva que je n'avais pas oublié comment jouer de cet instrument qui, habilement stimulé, prolonge dans le corps d'une femme les échos d'une harmonie divine.

Alice avait enfin abandonné sa réserve, son quant-à-soi. Le fait qu'elle ne porte pas de culotte me la faisait soupçonner d'avoir décidé, ce jour-là, de se donner à moi avant notre retour. Mais en fait, je n'avais aucune preuve qu'elle eût jamais porté de culotte, que ce fût en ma compagnie ou pas. En général, les femmes portaient des slips ou des culottes, enfin, quelque sous-vêtement de ce genre – au moins les femmes du milieu social auquel appartenait Alice. Cela, je le savais, pour les avoir vus, les avoir ôtés de fait, en telle ou telle autre occasion. Il n'était donc pas entièrement absurde de supposer que d'ordinaire, Alice en portait également, et qu'elle n'en portait pas ce jour-là car elle avait décidé de se montrer envers moi plus complaisante et plus audacieuse que de coutume.

Quoiqu'il en soit, et trêve de digression, Alice ne portait pas de culotte, et ses très charmantes cuisses nues étaient là, à portée de mon regard et de ma main. Mais à présent, son attitude me prouvait de manière plus claire encore ses intentions à mon égard. Alice avait eu quelques expériences, je ne savais quand ni comment. Elle avait appris à se montrer délicieusement libertine sans paraître dévergondée. Ses baisers étaient des merveilles de finesse et d'habileté, ses gestes à la fois délicats et efficaces, sa jolie main tenait l'objet convoité d'une manière possessive, sans lui faire mal, et le guidait à terme, de toute évidence mais sans autorité excessive, jusqu'entre ses cuisses.

« Pete, regardez, mon chéri ! » chuchota Alice entre deux baisers. Nos amants étaient enfin passés aux choses sérieuses, l'homme couché entre les cuisses de la femme qui l'enlaçait de ses jambes, tout en donnant de vigoureux coups de bassin. « Pete ! » gémit Alice, « Alice ! », fis-je en réponse – et soudain elle fut sur moi, jambes largement écartées, et elle me prit en elle.

Au bout d'un moment, nous nous redressâmes et regardâmes autour de nous. Les deux autres aussi s'étaient relevés, et nous regardaient en souriant ! Nous étions découverts ! Dans notre excitation, nous avions bougé, de sorte que notre abri ne nous dissimulait plus. Étrangement, Alice parut ne pas s'en formaliser. Soit elle était accoutumée à se donner en présence d'étrangers – ce que, réellement, je ne crois pas –, soit elle comprit aussitôt que nous devions tirer le meilleur parti de la situation, voire y trouver avantage. Quoi qu'il en soit, elle se mit à rire, toute joyeuse, et se releva en secouant sa jupe pour la faire redescendre comme il convenait. Je me levai également, mais avec moins d'aisance, car mon pantalon m'entravait.

« Alors, ça a marché ? » me lança l'autre homme. « Superbe, répondis-je, droit dans le mille ! » Alice rit de nouveau. « Pareil pour moi », reprit-il, s'avançant. « Je m'appelle Bill. » « Et moi Pete. » Nous échangeâmes une poignée de mains. Je présentai Alice qui lui serra la main à son tour. « Gladys », dit Bill, « je te présente Pete et Alice. Viens, rejoins-nous. » Sur quoi, les présentations ainsi effectuées, nous nous assîmes, moi entre Bill et Gladys, Alice de l'autre côté de Bill. Nous bavardâmes de choses et d'autres, sans faire aucune allusion aux événements de l'heure écoulée. Mais au bout d'un moment, la conversation languit. Bill chuchotait à l'oreille d'Alice, je fis donc de même avec Gladys. Ce que je lui disais n'avait aucune importance pour les deux autres, mais cela la fit rire, et ses yeux brillaient. Mieux encore, elle tendit la main pour voir si ce que je prétendais était exact. Vérification effectuée, elle se laissa aller en arrière, l'air satisfait, avec aux lèvres un sourire aguicheur. Soudain, je m'aperçus que j'étreignais ses jambes nues. Bill ne parut pas s'en inquiéter – il faisait de même avec Alice !

C'était une chose fort intéressante de jouer ainsi avec la petite amie d'un autre homme, tandis que celui-ci jouait avec la mienne. Là, je voyais Alice, qui venait de m'offrir une demi-heure de plaisir, faire la même chose pour Bill, et celui-ci était un homme heureux, croyez-moi ! Et ici, Gladys s'abandonnait à mes caresses tout comme elle s'était donnée à Bill, peu avant – et croyez-moi, je sus bientôt que Bill et moi étions deux hommes heureux, et doublement !

Gladys ne se révélait pas aussi voluptueusement formée qu'Alice, mais elle savait jouer son rôle, et donnait à chaque petit geste sa juste valeur. Ses seins menus étaient aussi agréables à la main et aux lèvres que ceux, plus généreux, d'Alice, et elle répondait tout aussi délicieusement à la caresse habile de mes doigts. Elle était entièrement femme, et finit par m'offrir un plaisir royal, comme je marquais un nouveau point, en plein dans le mille. Et, à moins que les signes bien connus ne m'eussent trahi, Gladys tira autant de plaisir que moi de cette réussite. Bill marqua également, presque au même instant. Les deux filles, le sang aux joues, étaient rayonnantes.

«Celle de Bill est plus grosse», me chuchota Alice à l'oreille, tout en se pelotonnant contre moi, «mais il n'a pas votre finesse, mon Pete adoré. Mais c'était divin, deux fois de suite, comme ça – oh-oh-oh!» Gladys chuchotait à l'oreille de Bill, et je l'entendis répondre de sa voix rauque : «Je suis heureux que ça t'ai plu, ma chérie» – j'en conclus donc que Gladys s'était déclarée satisfaite.

Bill avait sur lui de quoi nous désaltérer. Je ne bois guère, mais c'était là un excellent whiskey, et le petit verre passa plusieurs fois de main en main. Les filles commençaient d'être vaguement grises, ce qui suscita mon intérêt. Prendre une femme juste un peu enivrée a toujours quelque chose de fascinant. Même les plus ardentes le deviennent encore un peu plus, et les attitudes d'une femme à moitié ivre sont d'une impudeur extrême.

Bientôt, l'alcool aidant, nous nous retrouvâmes tous quatre serrés les uns contre les autres, dans une singulière intimité. Les filles s'allongèrent sur nous, nous embrassant d'une bouche humide. Nous les pelotions, embrassions leurs lèvres et leurs mamelons, car elles étaient demeurées seins nus. Le whiskey, plus les caresses, ne tardèrent pas à produire l'effet prévisible. «Pete, qu'est-ce que c'est que "ça"?», s'exclama Alice, les yeux ronds, avec une feinte stupéfaction. Car «ça» avait refait son apparition, et dans toute sa gloire! «Gladys, regardez ce que j'ai trouvé, regardez!», fit Alice, déboutonnant mon pantalon et saisissant sa trouvaille. Sans un mot, Gladys dégrafa la braguette de Bill et en tira ce qu'elle avait aussi trouvé. Celle de Bill était plus grosse, sans aucun doute. Mais les filles étaient toutes deux satisfaites de leur découverte. Je sais que nous rîmes tous quatre devant le tableau que nous offrions : deux très jolies filles, quelque peu échauffées par le whiskey, les seins à l'air, assise chacune aux côtés d'un homme couché, et tenant à la main un objet qu'elles ne pourraient jamais posséder légitimement, à moins qu'un homme ne le leur offre. Nous prîmes tous une nouvelle tournée de whiskey.

Alice était très en gaîté, et ses baisers se faisaient de plus en plus amoureux. Elle me tenait amoureusement, et me donnait, à moi ou à cette partie de moi qu'elle manipulait, toute sorte de noms comiques. Mais je fus surpris quand, changeant soudain de position, elle baissa la tête et se mit à l'embrasser. Gladys l'imita aussitôt, avec Bill. Nous, les deux hommes, restâmes un moment ainsi, trop heureux pour dire un mot, observant nos petites amies qui nous embrassaient et nous suçaient. Alice savait se servir de sa bouche ! Longtemps je me suis demandé où et comment elle avait appris cela, sans jamais trouver la réponse.

Nul homme, nulle femme ne peut supporter cela très lontemps. Gladys se recroquevilla et enfourcha Bill, et Alice fit de même avec moi. Après quelques frottements, je la sentis me prendre en elle, chaude et mouillée. Les filles nous chevauchèrent ainsi, allant et venant sur nous tandis que nous les faisions rebondir à coups de hanches et de cuisses. Elles riaient et poussaient force exclamations, roucoulements et gémissements de plaisir, se tenant la main, côte à côte sur leur monture ravie, et sans doute échangèrent-elles quelque signe, car toutes deux se raidirent soudain, presque au même instant, avec cet air de volupté émerveillée que tout amant aime à lire sur le visage de sa bien-aimée, avant de s'effondrer ensemble, le souffle court, tandis que Bill et moi marquions pour la troisième fois, en plein dans le mille !

Il se faisait tard à présent. On se quitta, non sans s'être promis de nous revoir. Sur le chemin du retour, Alice, la tête appuyée contre mon épaule tandis que je conduisais, fit cette réflexion, la plus étonnante que j'eusse jamais entendue de ses lèvres – « Pete, je suis moulue d'avoir tant baisé ! » Peut-être était-ce le cas, mais après deux ou trois cocktails et le dîner chez elle (son époux était absent), elle m'entraîna dans sa chambre où, sur son propre lit conjugal, entièrement nus cette fois, et à sa requête je la... baisai – ma foi, c'est la jolie dame qui avait la première employé le mot – de nouveau !

Et tandis qu'elle gisait, étendue, heureuse et magnifique dans sa nudité, et que je l'embrassais avant de la quitter, elle murmura tendrement : « Quatre fois en une seule journée, et ce fut une merveille à chaque fois, mais Pete, mon chéri, la dernière a été la meilleure ! » Et, repensant à son corps nu entre mes bras, vibrant jusqu'à la dernière fibre d'un plaisir éperdu, je me dis encore que c'était, en effet, la meilleure.

ESMERALDA

La femme posa la lampe sur une vieille table, descendit l'escalier et referma la trappe derrière elle. Tandis que s'éloignait le craquement des marches de l'escalier sordide, Phoebus se hâta d'aller pousser le verrou. Percevant le bruit, la vieille rit toute seule et dit : « Maître Phoebus va lui apprendre plus d'une leçon, d'ici l'aube. »

À présent, l'officier se retrouvait seul avec le joli butin qu'il avait convaincu de venir avec lui dans cette soupente isolée. Bien que vierge, elle connaissait l'objet de son désir. Et maintenant, seule avec le séduisant soldat, et malgré son amour pour lui, elle rougissait, tremblante, confuse, tandis qu'il revenait, ayant verrouillé la porte, et s'asseyait à ses côtés sur un immense coffre ancien. Jouxtant le coffre, se trouvait un vieux lit avachi.

Pendant quelques instants, il tînt sa main délicate, sans un mot. Elle avait le sang aux joues ; ses longs cils baissés voilaient ses yeux. L'officier, vers qui elle osait à peine jeter un regard, arborait un visage radieux. La chaleur de la luxure commençait déjà de brouiller son regard. « Oh, maître Phoebus, fit-elle enfin d'une voix tremblante, ne me méprisez pas. Je sais bien que je me conduis très mal.

– Vous mépriser, ma chère enfant, mais pourquoi ?

– Pour vous avoir accompagné jusqu'ici.

– Sur ce point, ma beauté, nous ne sommes pas d'accord. Je ne devrais pas vous mépriser, mais vous haïr.

– Me haïr !, s'exclama-t-elle, stupéfaite, éperdue. Mais qu'ai-je fait ?

– Il m'a fallu tant insister, répondit-il.

– Hélas, dit-elle, c'est que je brise un vœu sacré. Mais quelle importance cela a-t-il ? Pourquoi devrais-je demander aide à mon père et à ma mère, à présent ? »

Ce disant, elle leva vers le capitaine ses grands yeux sombres, le fixant ; elle demeura un moment silencieuse, puis une larme tomba de ses yeux, un soupir s'échappa de ses lèvres, et elle conclut : « Je vous aime. »

De la jeune fille, émanait un tel parfum de chasteté, un charme si vertueux que, jusqu'alors, Phoebus ne s'était pas senti totalement à son aise. Mais ces mots le galvanisèrent.

« Vous m'aimez », répéta-t-il d'une voix extasiée, et avec élan, il lui entoura la taille de ses bras. Il n'avait attendu qu'une telle occasion.

« Phoebus », dit-elle, écartant doucement ses mains de sa ceinture, « j'aime votre nom ; j'aime votre épée. Tirez votre épée, Phoebus, que je puisse l'admirer. »

Avec un sourire, il dégaina sa rapière. Elle en examina le manche, la lame, déchiffra les lettres gravées sur la garde avec une adorable curiosité, et embrassa l'épée en déclarant: « Vous êtes l'arme d'un homme brave. J'aime mon capitaine. »

Phoebus profita de la situation pour poser sur sa ravissante nuque penchée un baiser qui la fit sursauter, et rougir comme une cerise.

« Phoebus », reprit-elle bientôt, « marchez un peu, que je puisse bien vous voir, et entendre tinter vos éperons. Comme vous êtes beau ! »

Il se leva, se pliant à sa demande, et fit quelques pas, sans quitter des yeux le visage et la silhouette de la magnifique créature ; puis il revint s'asseoir à ses côtés. Un désir passionné commençait de se lever en lui.

« Qu'il fait chaud, on étouffe dans ce vieux grenier », dit-il. « Vous êtes plus légèrement vêtue que moi, et je suffoque, sans m'en rendre compte. Cette nuit de mai ressemble à un début d'été. »

Sur quoi, sans que la jeune fille fît la moindre remarque, il se redressa et ôta le lourd collier, la ceinture, l'épée, et autres parures et vêtements que la coutume de l'époque imposait à un officier, ainsi que ses lourdes bottes aux éperons tintinnabulants, ne gardant que son pantalon à mi-jambes et ses bas, tandis que son torse n'était plus voilé que par une fine chemise. Le voyant faire, Esmeralda sursauta malgré elle, avant de retomber dans sa rêverie. Puis il revint s'asseoir à côté d'elle, tout proche cette fois. La chaleur du corps de la jeune fille ne tarda pas à traverser la finesse de sa chemise, l'enivrant plus encore.

Des mots d'amour lui venaient aux lèvres, que la jeune fille écouta avec un ravissement croissant. Perdue dans ses pensées, elle demeura quelques instants rêveuse, bercée par le son de sa voix. Un bras passé autour de sa taille, et sans qu'elle l'eût écarté cette fois, il la serra contre lui, lui répétant à quel point il l'aimait.

« Oh, tu vas être tellement heureuse, ce soir, tellement heureuse ! » murmura-t-il enfin, tout en défaisant doucement le nœud de sa ceinture. Elle tressaillit à ce geste déplacé, brusquement arrachée à sa rêverie, puis redevînt pensive et silencieuse. Enhardi par sa douceur, il pressa tendrement son bras autour de sa taille, puis ôta silencieusement sa ceinture. Elle demeurait perdue dans ses pensées et, le regard brûlant, la main tremblante, il commença de dégrafer son corsage. Il était à peine à mi-chemin de cette tâche délicieuse quand le léger vêtement se détacha du châle qui le maintenait. L'amoureux, aux anges, et prompt à saisir l'occasion, écarta la jeune fille du mur contre lequel elle s'appuyait, tira l'épingle qui réunissait les plis du foulard, et l'ôta d'un seul geste. Les épaules adorables, roses et lisses, rayonnaient à présent au-dessus du corsage dégrafé. Elle tressaillit de nouveau, tel un faon effrayé, en voyant le regard avide de l'homme se repaissant de sa relative nudité, mais presque aussitôt reprit sa rêverie et le laissa faire ce que bon lui semblait.

Le capitaine s'employa aussitôt à défaire les derniers lacets du corsage, avec des doigts agiles ; ce fut bientôt chose faite ; il était à présent entièrement ouvert et, au travers de la gaze vaporeuse de la chemise, il voyait se dessiner les adorables reliefs de son buste magnifique. Avec une exclamation de joie, il fit glisser le corsage, une manche après l'autre, et le jeta au loin d'un gestc fou, sans quitter des yeux son amante voluptueuse, dont les bras blancs paraissaient dignes de Vénus elle-même.

Le souffle court, il tourna son attention vers les jupes, qu'il dégrafa avec empressement. Puis il s'agenouilla devant elle, lui ôta ses chaussons. Et, sans hésiter à présent, il remonta sous ses jupes, jusqu'à ses genoux, pour défaire ses bas qu'il lui ôta. Elle sursauta malgré elle, quand ses mains rencontrèrent sa chair, mais se fit de nouveau passive, bien que le sang affluât de plus belle à ses joues.

Alors il lui murmura de rester calme et, se redressant brusquement, il arracha ses propres vêtements, avec une impatience folle. En l'espace d'une seconde, il était totalement nu, et se révélait blanc et robuste comme Apollon lui-même, magnifique exemple d'énergie virile.

Il demeura debout devant elle, sûr de lui et, tendant les mains vers elle, s'écria : « Esmeralda, sois à moi ! » Le son de sa voix tira la jeune file de sa rêverie ; elle ouvrit de grands yeux, vit le témoignage hideux, gonflé de sang de son désir et, l'espace d'un instant, hésita, détournant la tête, dernière résistance de la pudeur virginale confrontée pour la première fois au désir de l'homme (réaction fréquente en cet instant). Puis il parla, d'une voix tout à la fois tendre et passionnée ; et la nature balaya cette hésitation d'un instant ; le désir inné de la chair s'affirma en elle ; elle le fixa un instant droit dans les yeux, les larmes au bord des paupières ; il avait toujours les mains tendues vers elle ; alors, elle se leva pour les saisir avec avidité. Dans ce mouvement, ses jupes dégrafées tombèrent au sol, et la gaze de sa chemise, qui s'arrêtait à ses genoux, fut le dernier rempart de sa beauté tremblante. Il lui prit les mains, et elle fit un pas pour se dégager de ces vêtements perfides. Un bref instant, il but du regard le doux visage, y vit le miroir de sa propre passion flamboyante ; alors, les mains tremblant d'excitation, il dégrafa l'ultime vêtement qui s'ouvrit, dénudant le cou de la jeune fille ; il s'arrêta encore une seconde, avant de dévoiler enfin ses charmes adorables, puis dégagea les bretelles de ses épaules ; le vêtement, aussi doux que de la soie, glissa au sol comme un voile.

Tout son corps frémissait, tandis qu'il contemplait la chair nue de la jeune fille. Elle possédait les mains et les pieds les plus délicats qui soient ; ses bras, ses jambes, étaient exquisement fuselés ; la fraîcheur rosée de sa peau était édénique. En outre, elle arborait des seins pleins, plus voluptueux que classiques ; des hanches d'une lourdeur presque orientale, et il émanait de son maintien une souplesse, une vigueur qui confirmèrent, à l'œil exercé de Phoebus, que c'était là le trophée le plus somptueux qu'il eût jamais pris entre ses bras.

Non sans effort, il se retînt de saisir la jeune femme qui demeurait là, les yeux mi-clos, mais posa les mains sur ces épaules lisses, frémissant au simple contact de sa peau blanche, et s'écria d'une voix brisée par la passion : « Esmeralda, dis-moi encore que tu m'aimes ! »

Et elle, le souffle court, répondit du même ton :

« Oh, venez, faites de moi ce que vous voudrez ; je suis à vous. Prenez-moi, prenez-moi toute. Qu'est ma mère pour moi, à présent ? C'est vous qui êtes ma mère, car je vous aime, Phoebus, mon capitaine adoré ; c'est moi, regardez-moi, c'est bien moi, cette petite fille qui vient vers vous. Mon âme, ma vie, mon corps vous appartiennent. Je suis tout à vous, mon capitaine. Je serai votre maîtresse, votre plaisir, quand vous le voudrez ; à vous, toujours à vous. Prenez-moi, Phoebus, tout vous appartient. »

Tout en disant cela, la voix étranglée par la passion, elle accrochait ses deux bras tendres au cou de l'officier, le fixant d'un regard implorant, ses yeux magnifiques noyés de larmes, avec sur les lèvres un sourire inexprimable. Le capitaine, enivré, posa ses lèvres sur les superbes épaules, tout en prenant soin de ne pas laisser son corps toucher le sien. La jeune fille, la tête rejetée en arrière, les yeux au plafond, tremblait sous les caresses ardentes. Enfin, il unit ses lèvres brûlantes aux siennes, et chacun but à la bouche de l'autre une longue gorgée d'amour. Les paupières moites à présent, ils s'embrassèrent sans fin, profondément, jusqu'à ce qu'enfin, resserrant un peu son étreinte, il presse pour la première fois contre son torse les seins adorables, tout en évitant que leurs hanches ne se rencontrent, et même que son pieu palpitant de désir approche de la silhouette blanche comme neige. Mais pour elle, cette pression contre ses seins voluptueux était une délicieuse introduction à la belle histoire qu'elle allait lire cette nuit, le véritable début de ce ravissement de la chair, le premier pas vers cette union divine de la force et de la beauté qui s'achève dans un baiser suprême, indicible ; ce couronnement vertigineux de Vénus dans toute sa gloire.

Et comme ses seins joignaient leurs frissons de plaisir à la sensation divine dont elle s'abreuvait à ses lèvres, ces jouissances inconnues furent trop pour la jeune fille, qui se laissa aller contre son amant. Il comprit et la guida vers le vieux divan, dont la literie fatiguée serait le lit nuptial d'Esmeralda, si belle qu'elle conférerait au meuble défraîchi le charme de la couche du roi lui-même.

Elle s'y étendit et se glissa vers le mur, sachant qu'il ne tarderait pas à la rejoindre. Il demeura un instant debout, à demi détourné, caressant son membre d'acier, brûlant de posséder le trésor de l'adorable vierge. Puis il s'approcha du lit et baissa les yeux vers elle. Les lèvres sèches, les narines dilatées, les yeux noyés, il caressa du regard les petits seins bien ronds, les cuisses et les hanches opulentes et, au milieu de toute cette fastueuse blancheur, le nid mousseux de poils noirs entourant le lieu où bientôt leur désir mutuel trouverait son assouvissement.

La langueur de la jeune fille faisait place à l'ardeur. Elle ouvrit les yeux et se tourna légèrement vers lui, remarquant ses yeux brillants de désir posés sur son temple sacré ; l'espace d'un dernier instant, comme elle contemplait la verge qui allait ravir sa virginité, un vague sentiment d'angoisse s'empara d'elle, puis le désir reprit le dessus, et elle fut de nouveau prête, non, impatiente à présent de savoir quelles sensations pouvait susciter cet instrument de torture cramoisi et, souriant, elle tendit vers lui ses bras rayonnants.

Immédiatement, il s'allongea à ses côtés, glissa un bras sous sa nuque et ses épaules, enlaça de l'autre son corps brûlant, et l'attira tout contre lui. Elle, également, l'entoura de ses jolis bras, pressant son corps souple contre le sien, sur quoi tous deux, grisés au-delà du dicible par ce divin contact des chairs, demeurèrent longtemps ainsi, étendus, silencieux, immobiles, dans une pose d'amour statufié, exceptés le soulèvement régulier des deux poitrines pressées l'une contre l'autre et la palpitation de son dard raidi entre son ventre et la chair blanche de la jeune fille.

Enfin, après ce qui leur parut des siècles de plaisir, la jeune fille n'ayant cessé de goûter davantage les délices de cette étreinte, il se laissa glisser un peu, passa une jambe au-dessus des siennes, et nicha doucement le gland de sa verge dans ce petit nid moussseux, juste au-dessus de ce centre des délices où ils allaient bientôt consacrer leur amour suprême. C'était trop, elle perdit pied ; à cette approche si intime du membre viril, elle laissa échapper un cri et pressa ses lèvres brûlantes contre les siennes. Elle écrasa son corps contre le membre d'acier. Et lui, pour la taquiner, recula légèrement, mais elle se colla à lui de plus belle, ne voulant perdre aucune parcelle de ce contact. Ils jouèrent ainsi plusieurs fois ; les cuisses velues et musculeuses de l'homme enlaçaient celles, blanches et lisses de la jeune fille et, quand il se retirait, c'était elle qui l'enlaçait à son tour. Mais tous deux prenaient soin de ne pas trop s'éloigner pour ne pas ôter trop longtemps l'éperon brûlant du nid mousseux où son gland revenait se nicher, à quelques centimètres à peine des lèvres d'amour au-delà desquelles s'ouvrait le paradis et, juste au-dessous de ce tapis de mousse, de son clitoris divinement sensible, déjà érigé, palpitant d'une impatience folle, ressentant déjà au travers de la peau, les vibrations magnétiques du membre d'acier. À présent, la jeune fille soupirait et gémissait de plaisir, et Phoebus était infiniment séduit par son indescriptible beauté, et la vitesse à laquelle elle s'acheminait vers le début de l'acte proprement dit, tout proche maintenant.

Car la chaleur de ses hanches couvertes d'une pellicule de sueur, l'odeur de sexe que commençait d'exhaler tout son corps, la pression régulière de ses seins généreux contre lui, les larmes qui emplissaient ses yeux et, de temps à autre, roulaient sur ses joues, lui disaient que le temps était venu de prendre totalement possession de cette beauté.

Doucement, il la tourna sur le dos, la tenant toujours serrée contre lui, mais en allégeant la poussée contre son bouton d'amour tandis qu'il s'allongeait sur elle et en reculant un peu son membre, de sorte que quand il eut recouvert de tout son corps le corps délicieux, celui-ci se trouva suspendu, raidi entre les cuisses neigeuses et opulentes de la jeune fille. Ils restèrent un moment ainsi, jusqu'à ce qu'elle s'accoutume au poids d'un corps d'homme sur elle et constate que ce poids même, sur les seins d'une jeune fille peu habituée à être ainsi traitée, est générateur d'une agréable sensation.

Puis, quand il pensa qu'elle était prête pour la leçon capitale, il se souleva doucement et, de sa main droite, chercha le point secret et écarta délicatement les poils qui pouvaient dissimuler l'accès au temple sacré. Alors, il approcha de l'entrée son membre gonflé de désir. De sa main droite, il l'abaissa légèrement, de manière à le positionner juste en face, et avança encore un peu. À présent, il touchait les lèvres humides. Encore un peu, encore un peu ; la jeune fille laissa échapper un cri étouffé, tandis que le gland pénétrait à l'intérieur.

Il lui fallait dépenser des trésors d'habileté pour ne pas s'abandonner maintenant ; elle avait failli avoir raison de lui, avec ce magnétisme incroyable qu'elle dégageait ; il demeura donc un instant immobile ; il avait à présent passé ses deux mains sous les épaules de la fille. Ils restaient totalement immobiles, et il put sentir distinctement, sous lui, le battement effréné de son cœur. Ils ne bougèrent pas jusqu'à ce qu'il ait totalement retrouvé le contrôle de lui-même, car il savait ce qu'elle, dans son innocence, ne pouvait qu'ignorer : cette dure épreuve qui les attendait, afin que leur passion puisse s'assouvir. Elle devrait faire le sacrifice de la douleur avant de pouvoir récolter les fruits du plaisir.

Et donc, plus calmement, il commença doucement d'enfoncer son membre dans l'étui virginal. Elle, dépassée par ses propres sensations, gémissait et haletait à chaque nouveau mouvement. Le membre d'acier distendant son sexe lui procurait une sensation de pur plaisir, jusqu'à ce que – il était à demi entré – elle recule brusquement, malgré elle. Il avait atteint son hymen. Et, pour la première fois, il dût la rassurer, en lui disant qu'il lui faudrait avoir un peu mal avant que leur plaisir pût être consommé, mais cette fois seulement, et qu'après cela, elle ne connaîtrait plus que le bonheur de l'acte. Avec des mots, il la tranquillisa autant qu'il le pouvait puis, la saisissant fermement par ses tendres épaules, il donna le premier assaut, assez violent. La barrière résista ; la jeune fille laissa échapper un cri de douleur. Il savait qu'il était désormais inutile de parler, car il fallait en passer par là, douleur ou pas, pour qu'ils puissent parachever leur union divine. De nouveau, il se retira légèrement, puis revînt à la charge. La membrane résistait toujours, et la malheureuse Esmeralda poussa un grand cri. Nouveau recul, nouvel assaut, nouvel échec, mais à présent, la pauvre créature était épouvantée. « Oh, Phoebus, épargnez-moi », gémit-elle, « épargnez-moi. Oh, je ferai tout, tout pour vous, mais laissez-moi. Je vous en prie, laissez-moi, oh, oh, oh... » Il ne pouvait pas la laisser, car ceci devait forcément être fait un jour et, s'il abandonnait à présent, elle demeurerait trop effrayée pour subir ce calvaire une autre fois. Il attendit donc un instant, et tenta de la convaincre, de la consoler du mieux qu'il le pût, d'apaiser ses craintes, sans y parvenir tout à fait.

Mais lorqu'elle se fût quelque peu calmée, il se prépara, sans un mot, à une autre tentative ; de nouveau, ses mains brûlantes la saisirent aux épaules, il appuya ses pieds nus contre le coffre, recula les reins de quelques centimères, et chargea derechef. Et une fois de plus, sans autre résultat qu'un cri de douleur de la jeune fille pantelante; derrière ses bras blancs serrés autour du cou de l'homme, elle maudissait son sort à présent. Mais lui, toujours silencieux, se retirait de nouveau; cinquième tentative, et encore des cris et des sanglots. Combien il avait pitié de ce pauvre agneau qu'il était contraint de sacrifier ainsi ! Les larmes affluèrent à ses yeux comme, levant la tête, il contemplait le cher visage aux traits tirés par la douleur, les yeux adorables brouillés de larmes, et il nicha sa tête au creux de son cou, mêlant ses larmes à celles de la jeune fille. Mais la nature s'éveillait de nouveau. Il recula son membre toujours humilié; s'immobilisa à environ un centimètre; donna une nouvelle poussée; hélas, malheureuse, malheureuse enfant, seuls tes cris désolés répondirent à l'assaut. « Oh, Phoebus, mon chéri. Je ne peux pas. Je ne peux pas supporter ça, je ne peux pas. Je vous en prie, je vous en supplie, laissez-moi. Oh, Phoebus, par pitié; aidez-moi; je vous en supplie ! Par pitié ! PAR PITIÉ !!! »

Mais il ne répondit pas; il se disait qu'il fallait mettre fin à la torture de cette pauvre fille, à tout prix; il ne supportait plus ces cris pitoyables; il n'y avait qu'une manière, la seule bonne manière, aussi cruelle fût-elle. Il la saisit sous les épaules, plus fermement que jamais, recula d'environ deux centimètres de la barrière, ses jambes musclées prirent solidement appui contre le coffre, et la jeune fille redoubla de sanglots; mais sa résolution était inflexible; et son pieu également était inflexible, car cette fois, donnant un furieux coup de reins, il déchira la membrane et s'enfonça au-delà de trois bons centimètres, tandis que la malheureuse criait de plus belle. Un étranger, entendant ces hurlements, aurait cru que la pauvre recevait une terrible correction, alors même qu'on la préparait au plus grand bonheur qui puisse lui advenir. Sa douleur, cependant, était parfaitement réelle et, longtemps après avoir vu tomber ses dernières résistances au viol, elle demeura là, sanglotante, son corps adorable tout secoué, encore sous le choc.

Mais tout a une fin, et elle finit par s'apaiser. Il la rasséréna du mieux qu'il pût, et peu à peu le désir recommença de s'infiltrer dans ses veines. Il remua lentement dans le fourreau si étroit, et le baume calmant dont il avait pris soin d'enduire son engin avant de la posséder ayant produit son effet, ce mouvement ne lui procura que du plaisir. Dès l'instant où elle s'en rendit compte, son ardeur se réveilla rapidement, et il se sentit bientôt encouragé à continuer vers le but ultime. Comme il pénétrait plus profondément le temple d'amour, la pression se fit plus forte sur le mont de Vénus ; l'organe exquisement sensible qui se dissimulait au-dessous du nid mousseux se voyait compressé par force, et chaque nouvelle pression ajoutait au plaisir de la jeune fille.

À présent, tous deux étaient impatients d'atteindre l'orgasme. La chaleur toujours plus dense qui émanait du corps de cette beauté provisoirement domptée suscitait en Phoebus un désir irrésistible de mettre à l'épreuve du plaisir le corps immaculé qu'il enlaçait, et d'offrir à l'adorable vierge le premier torrent brûlant de passion qui jaillit des reins d'un homme ; quant à Esmeralda, maintenant que la douleur avait fui, elle se révélait non seulement physiquement impatiente, mais également curieuse, mentalement, de voir comment cet instrument allait définitivement mettre fin à son état de vierge.

Il la saisit de nouveau sous les épaules, fermement, mais cette fois, c'était pour lui donner le plasir le plus divin qui fût ; elle le savait, et l'enlaça de toute la force de ses jolis bras, un passé autour de son cou, l'autre juste au-dessous des épaules. Un observateur aurait remarqué l'expression extatique de la jeune fille, tandis que l'homme raidissait ses bras, les jambes appuyées contre le vieux coffre, et enfonçait son pieu d'acier d'un centimètre ou deux dans le fourreau de sa virginité. Alors, pour la première fois, ces lèvres intactes qui gardaient l'entrée du sanctuaire connurent ce suprême baiser d'un homme ; et ce baiser la fit frissonner des pieds à la tête ; elle poussa un cri de bonheur. L'espace d'un instant, inquiet devant un résulat si rapide, il se retira légèrement ; puis, quand tous deux eurent récupéré de ce premier choc, il plaça de nouveau son gland à l'entrée du sanctuaire. Et à présent, au contact de ces deux parties de leur corps, un tremblement délicieux commençait de les unir, par vagues. Montant de ses lèvres vierges pressées par le gland brûlant, elle sentait ce tremblement exquis de la jouissance fulgurer dans sa colonne vertébrale, jusqu'à son cerveau, tandis que les images les plus magnifiques passaient devant ses yeux ;

puis, elle sentait distinctement le frisson redescendre jusqu'à son temple d'amour et pénétrer, telle une vibration électrique, l'éperon brûlant, et à son tour, l'homme tremblait légèrement, tandis que le plaisir montait à son cerveau et que la même volupté l'envahissait. Sans cesse, elle passait ainsi de l'un à l'autre, à chaque retour plus intense, plus délicieuse. Elle l'enserra plus fermement de ses bras, pressant ses jolies jambes contre lui ; son plaisir montait encore ; elle s'accrochait à lui, plus fort ; son souffle brûlant se précipitait. Lui faisait appel à toutes les ressources de sa volonté pour ne pas laisser jaillir le torrent de sa passion en elle, qui haletait, vibrait, s'agrippait éperdument à lui. Et soudain, comme il s'y attendait, les membres de la jeune fille se détendirent, sa rigidité disparut soudain, et elle demeura immobile et sans réaction. Il leva la tête ; elle avait les yeux mi-clos ; ses joues étaient cramoisies ; elle versait pour la première fois les larmes de sa fontaine d'amour ; l'huile virginale, qui ne coule jamais deux fois, s'échappait de sa coupe pour venir oindre l'instrument vainqueur de l'heureux Phoebus. Il en sentit rapidement les effets sur son gland ; il avait peine à se contenir ; il haletait ; ses hanches commencèrent de se contracter malgré lui, tant ses muscles étaient impatients d'éperonner cette beauté. Son gland était à présent baigné de ce baume qui incessamment fulgurait en frissons brûlants dans tous ses nerfs. Il n'allait pas tenir bien longtemps, mais la jeune fille reprenait rapidement des forces ; il leva de nouveau la tête vers elle ; elle ouvrit de grands yeux brillants de larmes, mais c'étaient cette fois des larmes d'ivresse et de bonheur anticipé. Elle l'enlaça encore de ses bras somptueux; pressa derechef ses jambes d'ivoire contre les siennes. Ayant payé son tribut à la virginité, elle était maintenant impatiente d'en finir avec celle-ci.

Avec un cri éperdu, il raidit les bras, appuya ses pieds contre le coffre; pressa son instrument conquérant contre sa victime trois fois consentante.

Indescriptible vision que celle de ces deux corps blancs unis dans cette étreinte divine.

Chaque muscle, chaque nerf tendu à se rompre, ils se fondirent l'un dans l'autre.

Il y eut un dernier instant de silence, d'immobilité, d'exaltation suspendue.

Puis un spasme puissant saisit tout le membre vigoureux, au creux de ses lèvres virginales.

Elle comprit que l'orgasme était tout proche.

Ils haletèrent, une fois, le souffle court.

Un deuxième spasme, plus intense encore que le précédent; la semence était prête de jaillir.

Elle allait connaître le secret de la vie.

Car, dans une troisième, sublime convulsion, le premier flot de cette sève de la passion ruissela dans le temple d'amour.

Sa pureté s'était enfuie à jamais. Mais la gloire divine du paradis lui-même était à présent sienne.

Elle poussa un grand cri en sentant cette première vague destructrice et revivifiante de la passion; le cri le plus merveilleux qu'un homme pût entendre, celui d'une vierge déflorée, et heureuse.

Lui aussi avait crié; c'était un son étrange aux

oreilles de la jeune femme ; une fille ne l'entend qu'une seule fois ; c'est le cri du ravissement devant le bonheur délicieux d'une vierge impatiente de connaître tout ce que la vie lui réserve.

Un deuxième spasme fit jaillir le liquide chaud dans le temple à présent défloré, et elle poussa un nouveau cri d'extase mais, cette fois, c'était celui de la connaissance aboutie et du désir consommé.

Puis, comme l'homme continuait de déverser en elle sa semence brûlante, elle commença de se débattre de plaisir sous ses assauts lubriques. Elle se mit à crier, encore et encore :

« Oh, Phoebus, laisse-moi, je t'en prie. Laisse-moi. Laisse-moi. Tu me tues, Phoebus. Oh, Phoebus, je t'aime, je t'aime, je t'aime tant. Oh, Phoebus, par pitié laisse-moi. Par pitié. »

L'amant avait déjà entendu de telles paroles, mais certainement jamais d'une bouche aussi ravissante. Il arqua légèrement le dos et commença d'aller et venir en elle. Ce mouvement rendit folle la jeune fille déjà aux abois. Elle poussa un cri de passion éperdue sous cette torture. Il continua à la fourrer, de plus en plus fermement ; et de nouveau, elle gémit, et ce fut comme une douce musique à son oreille :

« Oh, Phoebus, mon amour, laisse-moi. Je t'en prie ! Je t'en prie ! Oh, mon amour, mon Phoebus, que fais-tu, que me fais-tu ? Ne me tue pas ! Ne me tue pas ! Oh non... non... par pitié, PAR PITIÉ... NON !!! »

Elle défaillit, comme il cessait ses assauts. La souillure était consommée.

Ils reprirent lentement conscience, tandis que l'ardeur brûlante de leur passion tiédissait peu à peu. Mais la jeune épousée au regard de l'amour demeura un moment serrée dans les bras de celui qui avait dérobé sa chasteté ; puis, après avoir échangé de nombreux murmures amoureux, elle soupirant encore de bonheur, il dégagea doucement ses bras ravissants, et se retira avec précaution.

Elle gisait là, la poitrine toujours soulevée par le souffle puissant de l'émotion. Les deux globes si ronds, si pleins lorsque la chemise de gaze les avait dévoilés en glissant, étaient à présent comme écrasés par la violence de l'assaut. Elle gardait les yeux fixes, grand ouverts ; sa chevelure défaite s'étalait sur ses épaules ; ses bras blancs, si tendres, demeuraient sagement allongés contre ses flancs. En un court moment, juste le temps nécéssaire à le raconter, elle s'était vue transformée. Mais ses pensées, quand la pensée lui revînt, ne furent nullement empreintes de regret. Le monde s'était révélé à elle dans une nouvelle lumière et, quoique physiquement épuisée en cet instant, elle se sentait suprêmement heureuse. La vierge timide, tremblante, qui était entrée dans cette soupente si peu de temps auparavant avait été touchée par cette baguette magique de la force virile, et gisait là à présent, recelant dans le trésor de ses entrailles si brutalement profanées la sève revigorante des reins de son amant. Sa pureté de jeune fille s'était enfuie, mais cette expérience divine lui avait révélé la richesse de ses charmes, le prix qu'ils avaient aux yeux d'un amant, et cette découverte ne l'accablait aucunement.

Au bout d'un moment, elle se leva quelques instants puis, quand elle se sentit prête, revint s'allonger, dans son exquise nudité. Elle savait bien que leur nuit d'amour ne faisait que commencer ; que bientôt, son amant empressé quérirait de nouveau son corps magnifique, pour leur plus grand bonheur à tous deux.

Alors, Phoebus s'approcha du lit, et elle tourna vers lui ses grands yeux noirs, puis tout son corps blanc, avec une aisance, une liberté fort différente de ce qu'elle avait ressenti la première fois. L'homme avait retrouvé son énergie, gonflé de santé, de désir, et c'est d'un œil brillant de sensualité qu'il parcourut la chair adorable de la fille qu'il avait si furieusement outragée. Et ces yeux brillants, ces lèvres chaudes, ces seins magnifiques, ces jambes d'ivoire, ces bras immaculés, ces hanches généreuses, ce sombre nid d'amour au milieu de toute cette chair blanche et voluptueuse, l'appelaient irresistiblement. Il se coucha bientôt près d'elle, et ils s'enlacèrent de nouveau. Il embrassa ses lèvres brûlantes, encore et encore. Cette fois, ce n'était plus une novice qu'il tenait serrée contre lui, mais une jeune beauté ardente ; elle avait goûté au fruit de la luxure, que l'on appelle si sottement péché, et n'avait qu'un désir, répéter ce festin. La nature la pressait ; les baisers ardents, l'haleine brûlante de son amant excitaient son désir d'obtenir de lui un nouvel hommage de sa force à sa beauté. Lui-même était grandement stimulé par la chaleur toujours croissante de la femme ravie qui haletait maintenant sur sa poitrine, à demi couchée sur lui, s'offrant encore à l'amour. De nouveau, son membre trouva le corps blanc, se pressa contre lui. Elle le sentait, brûlant, sur sa chair. Une vive curiosité, que ne refrénait plus la pudeur, la poussa à glisser sa main délicate jusqu'à lui, et à saisir l'objet de désir qui avait profané sa virginité. Elle l'entoura doucement de ses doigts et le pressa légèrement, puis glissa jusqu'aux bourses velues qu'elle saisit de sa main brûlante. Plusieurs fois elle les serra d'une paume inexpérimentée, et il faut là lui accorder ton pardon, cher lecteur, car elle n'avait encore jamais connu d'homme livré à elle, et son intérêt pour sa constitution était parfaitement naturel. Elle pressa, disais-je, les bourses poilues de ses doigts fins, tandis que le gland brûlant et palpitant frôlait son bras tendre et immaculé. Et à chaque pression sur les bourses, un frisson émanant du membre érigé traversait le corps de l'homme, des pieds à la tête. Elle le remarqua, et se mit à rire devant son trouble. Car bientôt, il tremblait de passion, avide de la prendre de nouveau. Ses hanches commençaient d'aller et venir en un mouvement compulsif, frottant sa verge contre le bras adorable, tandis qu'il la serrait contre lui.

Elle savait à présent ce que signifiait ce va-et-vient, et ne tenait pas à voir gaspiller la précieuse semence, sinon comme la nature le commandait. Immédiatement, elle abandonna les bourses, retira sa main et entoura son cou des deux bras, pressant son bassin voluptueux contre le pieu de l'homme. Toujours enlacés, ils roulèrent sur le lit. Sous lui, elle poussa un cri de jouissance en sentant la pression sur son *mons veneris*. De nouveau, la main de l'homme chercha l'entrée du temple ; elle demeura totalement silencieuse, haletant d'impatience, tandis qu'il pressait son gland contre ses grandes lèvres ; cette fois, c'est avec ardeur qu'elles accueillirent le glaive d'acier, non plus comme un intrus, un ravisseur, mais comme un ami précieux, prêt à soulager les tourments de la belle.

C'est avec des cris de bonheur qu'elle le reçut, tandis qu'il pénétrait dans le fourreau brûlant, avançant vers le sanctuaire que nulle barrière ne protégeait plus ; il n'y avait plus que volupté pour tous deux ; elle enserrait l'homme de ses bras, se pressait contre lui de tout son corps, dans l'ivresse de sa deuxième reddition. Non seulement elle était plus réceptive à présent, mais elle se montrait désireuse de l'aider.

Et l'amant, submergé de joie devant l'ardeur de la jeune beauté, décida de porter le plaisir jusqu'à des sommets encore jamais atteints, de répondre au désir par les sensations les plus invraisemblables que l'on put tirer de ses hanches luxurieuses et de son tempérament de feu.

Il s'avança vers la jeune fille, et bientôt, son membre vînt de nouveau se nicher contre son vase d'amour ; il pressa son gland vibrant contre les lèvres ; des vagues de plaisir recommençaient de rouler de l'un à l'autre, comme auparavant ; le bonheur parcourait la femme, de son visage empourpré jusqu'au bout de ses pieds délicats, et au cœur de toutes ces sensations, entre ses jambes superbes, semblaient résider toutes les bénédictions du paradis.

Il lui dit alors que leur passion devait maintenant atteindre des hauteurs encore plus grandes que la fois précédente ; avec son aide, ils parviendraient à des sommets d'extase vertigineux. Ces paroles suscitèrent des pensées indescriptibles chez la jeune fille, débordant déjà de désir. Il lui semblait avoir appris tout ce qu'il y avait à savoir ; elle ne se rendait pas compte qu'elle avait pour amant un homme qui possédait une grande expérience de l'art de l'amour. S'il existait des délices supérieurs à ceux qu'elle avait connus la première fois, elle ne se pensait pas capable de les supporter. Mais elle se décida à tenter l'expérience, et s'aperçut que sa force lui permettait de suivre l'homme jusqu'au bout.

Il glissa ses deux mains sous ses hanches, tenant fermement ses fesses généreuses et commença de se frotter doucement contre elle. Elle passa les bras autour de son cou. De ses mains puissantes, il pressa ses hanches et lui enjoignit de se cambrer un peu, pour que ses hanches rencontrent ses bras. Ils continuèrent ainsi un moment, elle frissonnant de plaisir à chaque caresse. Puis, sans interrompre son mouvement de va-et-vient (relativement frustrant, certes), il lui expliqua comment participer. Alors, s'aidant de ses mains, elle souleva les hanches pour venir à sa rencontre et bientôt, tous deux se frottèrent l'un contre l'autre, tanguant dans une union divine. La délicieuse jeune femme vibrait déjà de désir, mais son bon sens lui enjoignit de rester aussi calme que possible, et de goûter cela aussi longtemps que la nature le lui permettrait. Et ainsi, ils ondulèrent ensemble comme autant de vagues sans fin, laissant monter l'irrépressible marée du désir. Elle finit par crier tant la sensation était forte; il craignait que l'huile de son désir ne déborde, alors ils se reposèrent.

Ils demeurèrent allongés et silencieux, jusqu'à ce que le calme soit revenu en eux, puis Phoebus lui chuchota quelque chose; un observateur aurait remarqué que, tout en lui parlant à l'oreille, il écartait légèrement les jambes, prenant toujours fermement appui contre le coffre, puis qu'elle levait ses jambes fuselées et les croisait sur celles de l'homme, ses mollets rebondis posés sur le dos velu de ses cuisses, ses pieds délicats se rejoignant. Alors, au contact de cette chair tendre et douce pressée contre lui, Phoebus sentit un torrent de désir l'envahir, et son éperon ardent pénétra sans hésiter le trésor de la créature de rêves; aussitôt saisie par l'incroyable sensation qu'il provoquait, elle frémit sous l'étreinte, s'accrochant à lui de plus en plus frénétiquement, puis, avec des gémissements de plaisir, ouvrit grand les généreuses fontaines de son sanctuaire d'amour, et laissa follement s'épancher ses fluides sur le gland gonflé en elle. Préparée à cela, elle ne se laissa pas aller autant cette fois, et garda beaucoup de force. Ayant versé en abondance l'huile glorieuse du plaisir, elle ne tarda pas à retrouver sa vivacité, tout au service de leur plaisir mutuel.

Tous deux savaient à présent que les hauteurs vertigineuses étaient à leur portée.

Ils se prirent dans une étreinte immobile, insensée.

Déjà affolés de désir, ils écrasèrent éperdument l'un contre l'autre leurs deux corps haletants.

Il noua ses bras plus étroitement, si possible, autour

de ses hanches desquelles semblait émaner une vapeur.

Frénétiquement, elle glissa les bras jusqu'au milieu de son dos et l'attira vers elle, de toutes ses forces.

De ses mollets exquis, de ses jambes lisses, elle enserra encore les muscles bandés de l'homme.

Et, au plus fort de cette étreinte, il commença de presser son membre contre son calice d'amour.

C'était là le premier élan qui les mènerait, follement, vers les joies paradisiaques.

Elle cambra son dos si souple, se soulevant à chaque frottement du membre ; une vingtaine de fois ils se soulevèrent ainsi, puis il sut que le moment était venu.

Il lui dit quoi faire.

Immédiatement, elle inversa son mouvement.

Elle demeura soulevée jusqu'à ce qu'il se retire.

Puis, guidée par un mot, elle descendit sur lui.

Un cri lui échappa à cette première poussée.

Il se retira, elle se souleva, le bélier était à moins de deux centimètres de la porte du temple.

Comme il donnait un coup de reins, elle descendit de nouveau, et son sexe pénétra presque entièrement le fourreau, jusqu'à presser les lèvres sacrées.

Comment une fille aurait-elle pu supporter un tel assaut !!!

Il se retira de nouveau ; de nouveau elle se souleva, et il s'approcha des grandes lèvres ; de nouveau il la pénétra ; et un nouveau cri d'agonie délicieuse résonna dans la pièce.

Il fallait à l'homme une volonté inconcevable pour lui permettre de tenir si longtemps.

Il se retira pour la quatrième fois; revint à l'entrée du sexe; donna un nouveau coup de bassin, tandis qu'elle faisait de même; son gland s'enfonça encore jusqu'au fond du fourreau lubrifié, brûlant, et il se pressa contre sa motte.

Elle cria plus fort encore; elle sanglotait aussi, mais c'étaient des larmes de passion.

Cinquième fois; il se retirait; il s'avançait; elle s'avançait, il la pénétrait, pressé contre les lèvres tendres du vagin; elle poussait des gémissements éperdus.

Et soudain, de ses entrailles devenues folles, s'écoula le fluide d'une deuxième jouissance

Mais cela ne lui ôta aucune force.

Pourtant, lorsqu'il se retira pour la sixième fois, avec un cri presque douloureux de volupté, et qu'il revînt en elle, elle n'eut pas ce mouvement de s'avancer pour le prendre.

Elle était comme statufiée par trop de plaisir.

Son gland, noyé de fluide, envoya instantanément le message à son cerveau, qui le répercuta dans tout son système nerveux.

C'était là un superbe démon de féminité déchaînée; toute son âme se concentrait dans les sensations d'un plaisir affolant.

Sept fois il se retira; elle demeurait tendue, le dos arqué en arrière.

Il la pénétrait jusqu'au fond de la cavité lubrifiée, d'un seul mouvement de désir et, pour la deuxième fois, plongeait son gland rouge sombre dans le merveilleux fluide.

Il la comprenait.

Elle se laissa glisser plus bas encore, le saisit aux hanches, l'enserrant encore plus fort de ses mollets.

Il enlaça ses hanches de deux bras puissants, et elle se cambra davantage, son dos décrivant une courbe admirable.

Elle banda chaque muscle de ses bras et jambes somptueux pour le presser plus fort encore contre ses cuisses.

Et, dans cette étreinte suprême, ils atteignirent les sommets paradisiaques.

Sans palpitation préliminaire, mais dans un jaillissement puissant de sperme brûlant, dans le premier instant de cet orgasme délirant, ils donnèrent enfin libre cours à l'aboutissement de leur désir.

Avec un cri sauvage, leurs âmes mêmes se ruèrent vers une extase mutuelle.

Ils ne faisaient plus qu'un; ils ne connaissaient plus rien que l'amour, l'amour fou, la passion déchaînée.

Ils n'avaient plus guère conscience de leurs corps, car leur existence même était tout entière contenue dans ce fourreau de chair où ils réalisaient l'apothéose des désirs de ce monde.

Ils ne connaissaient nulle autre sensation, que celles qui leur parvenaient de ce centre de la passion.

Lui ne pouvait plus donner que de courts mouvements de reins, tant ils étaient accrochés l'un à l'autre.

Mais les sensations n'étaient plus intermittentes.

Elles ne cessaient pas.

Généralement, la volupté de l'union sexuelle vient

par vagues coïncidant avec les giclées de l'éjaculation.

Mais tels étaient leur corps, et leur âme, que dès l'instant où ce torrent de semence eût jailli sur le fruit déjà exquisement torturé, cette sensation de joie damnée, de plaisir suprême, cette sublime intensité de la passion, ce bonheur exalté de la possession, ce délice affolé de l'acte réalisé, ce délire insensé dans l'union de deux âmes ardentes, ne cessa pas, et ce longtemps après que le flot puissant du désir, jailli des reins enflammés de Phoebus, eût fini d'inonder le corps glorieux d'Esmeralda !

Et maintenant, nous n'avons plus qu'à laisser la belle Esmeralda et le séduisant Phoebus terminer ensemble cette nuit. Nous n'avons pas le temps de raconter comment, après cette magnifique rencontre de deux passions, ils se reposèrent longtemps dans les bras l'un de l'autre, échangeant de tendres et innocentes paroles. Tous deux étaient épuisés par ce séisme qu'avait engendré leur passion mutuelle, et en outre, Phoebus savait que le meilleur moyen d'obtenir encore les faveurs d'une femme est de ne pas les solliciter trop fréquemment. Mais avant qu'ils ne se préparent enfin à dormir, leur désir s'imposa de nouveau, et de nouveau ils s'envolèrent ensemble au paradis. Puis la jeune femme épuisée, mais non rassasiée, sombra dans le sommeil, où il la rejoignit bientôt.

Mais quand, le lendemain matin, le soleil les réveilla tous deux en même temps, chacun contempla avec délices la nudité de l'autre, et il ne fallut guère de temps pour que cette attention laisse place au désir. Les yeux de la jeune femme se mirent à briller en voyant son pieu se dresser fièrement, tandis que Phoebus la dévorait du regard, et, après avoir bien observé son conquérant, en pleine lumière du jour, c'est sans réticence aucune qu'elle se laissa envelopper par les bras de son amant, afin de dissimuler ce monstre à la lumière, au cœur de l'ardent fourreau niché au creux de son corps divin.

Cet acte délicieux accompli, ils se se levèrent et commencèrent de réunir leurs effets épars, que l'ardeur de la nuit précédente avait abandonnés là où ils tombaient. Et il leur fallut si longtemps pour tout retrouver et pour commencer de se vêtir, tout en plaisantant, que le membre de l'homme se dressa de nouveau. Et elle, seulement vêtue de sa chemise impalpable et d'un jupon léger, n'eut pas un murmure de protestation quand il la jeta sur lit, comme cela, ouvrit la chemise pour faire jaillir les seins glorieux et presser contre eux son torse encore dénudé, releva le léger jupon jusqu'au-dessus de sa taille, et une fois encore, enfonça son membre amoureux dans le temple tant convoité ; ainsi, de manière imprévue, ils s'aggripèrent l'un à l'autre, jusqu'à ce que la nature obtienne de nouveau ce qu'elle voulait de l'amoureux Phoebus et de la délicieuse Esmeralda.

Combien de fois cette bienheureuse histoire devait-elle se répéter, au cours de la longue amitié qui les unit, je vous laisse le soin de l'imaginer.

SOUVENIRS

Mon enfance fut extrêmement morose. Je ne suis pas certain de me souvenir de ma mère.

Jusque vers mes dix ans, je demeurai dans une solitude quasiment monacale. Je vivais dans une grande maison à étage, pleine de recoins, avec mon père et sa tante. Cependant, mon père était presque toujours absent, et ne nous prêtait guère attention quand il se trouvait à la maison. Ma tante, elle, se levait très tard, et je l'ai rarement vue avant le déjeuner, à une heure et demie. J'avais des jouets, mais pas de camarade de jeux. On me comblait de mets délicats, on me gavait des viandes les plus fines mais, ne prenant aucun exercice, je n'avais bien sûr aucun appétit pour la bonne et saine nourriture.

Mes jours s'écoulaient ainsi dans la monotonie, mis à part un handicap, une singularité qui me torturait quotidiennement : ma phobie des caniches. Les chiens, en général, ne me posaient aucun problème, mais à la vue d'un caniche, je devenais pâle comme la mort, me mettais à trembler des pieds à la tête, et manquais m'évanouir d'effroi. Je ne peux d'ailleurs même pas parler d'effroi, c'était plutôt une sorte de répulsion violente qui me rendait littéralement malade.

On m'a dit que ma mère, enceinte de moi, avait été effrayée par un caniche que ma tante possédait à l'époque, et qui était mort peu après, mais un tel incident peut-il produire une impression aussi forte sur le fœtus, dans les premiers mois de la grossesse ? Cependant, je ne vois pas d'autre explication à cette infirmité.

En grandissant, je tentai de me raisonner, de surmonter ce dégoût, et j'y suis presque parvenu ; aujourd'hui, j'arrive même à supporter la vue d'un de ces clowns de la gent canine.

Il me reste très peu de souvenirs de ces premières années, et ceux-ci ne valent guère la peine d'être évoqués. Et pourtant, incroyable est la façon dont certains faits insignifiants se gravent pour toujours dans l'esprit d'un enfant, alors que nombre d'événements importants s'effacent totalement de sa mémoire.

J'avais alors quatre ou cinq ans, et je jouais à la maison, seul comme toujours, avec des cubes de bois. Dans la même pièce, se trouvait une jeune couturière qui s'affairait sur une des robes de ma tante. Une fille sans doute assez jolie, qui devait avoir dix-huit ou dix-neuf ans, car elle était fiancée à l'époque, et se maria bientôt.

Tandis que je jouais, la couturière interrompit son ouvrage et me regarda. Elle avait le feu aux joues, ses yeux brillaient et ses lèvres étaient cramoisies.

– Viens voir là, dit-elle, tu es un gentil petit garçon, n'est-ce pas ?

– Oui, répondis-je mécaniquement.

– Viens me faire un bisou, alors ; j'aime beaucoup les gentils petits garçons.

Je la regardai, éberlué.

– Allez, viens, répéta-t-elle d'une voix un peu rauque.

Je me dirigeai enfin vers elle. Elle prit mon visage entre ses mains et m'embrassa plusieurs fois sur la bouche, longuement, avec insistance.

– Et comme tu es un très gentil petit garçon, demain, je t'apporterai des bonbons, dit-elle. Sais-tu où je range mes bonbons ?

– Non, répondis-je.

– Viens, approche-toi, mon chéri, je vais te montrer – et sa voix tremblait.

Je m'approchai en traînant les pieds. Elle me saisit la main, fermement, par le poignet puis, écartant largement les jambes et soulevant ses jupes, fourra mon petit poing entre ses cuisses et l'enfonça profondément dans la chair tendre et chaude.

– Je ne pense pas qu'il y en ait beaucoup aujourd'hui, dit-elle, mais cherche bien, il en reste peut-être un ou deux, et comme tu es un petit garçon très malin...

J'étais aussi stupéfait qu'intimidé ; sans pouvoir du tout l'expliquer, je sentais, d'instinct, que c'était mal. Je voulais donc retirer ma main, mais la curiosité fut la plus forte.

Ce que je touchai alors était tout à la fois chaud, pulpeux et humide, et plus j'enfonçai ma main, plus la chaleur devenait intense.

En outre, et à ma grande surprise, je découvris

qu'elle avait plein de poils sur le ventre, et autour de cette chair collante.

Ma stupéfaction fut encore plus grande quand je m'aperçus qu'elle ne possédait pas de zizi, ni de petit sac, mais qu'à la place, elle avait une barbe.

Cependant, me maintenant toujours par le bras, elle frottait mon petit poing contre la chair toute chaude, sans cesser de me dire, la voix rauque, de continuer à chercher des bonbons, jusqu'à ce que soudain, je sente ma main toute trempée.

Je lui demandai ce qu'elle faisait, si elle me faisait pipi sur la main, mais elle se mit à haleter et à serrer encore plus fort mon petit bras. « Ah ! fit-elle, dans un soupir de satisfaction, ça y est. C'était bien, n'est-ce pas ? »

– Tu aimes bien l'odeur ? me demanda-t-elle, me collant la main sous le nez.

Je ne sais plus ce que je répondis, mais je me souviens d'une odeur de poisson, dont je ne pus me débarrasser de toute la journée. Je n'ai jamais oublié cela et, aujourd'hui encore, dès que le parfum de la mouille me monte aux narines, je revois la jeune fille que j'avais masturbée.

– J'ai une drôle de petite chatte, là, dit-elle, tu aimerais la voir ?

Je ne pense pas avoir répondu quoi que ce soit, mais je sursautai, les yeux ronds.

À cet instant, nous parvînt l'écho d'un bruit de pas, et elle me dit :

– Si tu es très, très gentil, je te montrerai ma petite

chatte, une autre fois. Mais n'oublie pas que c'est un secret, et que, comme tu es un petit homme, tu ne dois jamais trahir un secret. Demain, je t'apporterai des bonbons. Maintenant, tu peux retourner jouer. Ce disant, elle me repoussa et reprit son ouvrage.

Je retournai à mes jouets; reniflai ma main, et me remis à jouer.

Longtemps, je me demandais si les femmes avaient réellement une chatte entre les jambes; adorant les chats, j'aurais bien voulu la voir.

Peu de temps après, un autre événement se produisit, que – même si je n'en garde pas un souvenir particulièrement attendri – je n'ai jamais pu oublier, car les paroles et les objets de l'érotisme semblent se graver avec une prégnance singulière dans l'esprit d'un enfant.

C'était par une chaude journée d'été. Je traînais, désœuvré, dans le couloir du rez-de-chaussée dont la porte, donnant sur la rue, était demeurée entr'ouverte. Ma tante était à vêpres.

Dans le couloir, surplombant la porte face à l'entrée, se trouvait un immense vautour empaillé perché sur un support, les ailes déployées.

J'étais en train de jouer quand, tout à coup, je me détournai et vis deux garçons debout sur le seuil, qui contemplaient l'oiseau en riant et en faisant, pensai-je, toutes sortes de remarques désobligeantes à son propos.

Je me dirigeai vers les deux garnements et leur ordonnai de sortir de la maison.

– C'est ta maison ? fit le plus âgé, l'air moqueur.

– Bien sûr, répondis-je d'un ton solennel.

– Un gamin comme ça, avoir une maison à lui... renchérit le plus jeune.

– Dehors ! dis-je.

– C'est ta maison ? répéta le plus âgé avec un sourire sardonique, sur quoi il sortit tout à coup son zizi de sa culotte rapée et le secoua en ajoutant : ça, c'est à toi, mon mignon, tu n'as qu'à le sucer si ça te dit.

– C'est avec ça que tu as acheté ta baraque, fit l'autre garçon, imitant son compagnon, plié en deux de rire, pas vrai, mon mignon ?

Je m'élançai vers eux, fou de rage, et ils s'enfuirent devant ma fureur.

Je me sentais si humilié que j'éclatai en sanglots convulsifs. Et même, ma tante m'ayant apporté une nouvelle paire de bottes, je refusai de les garder aux pieds.

Il me fallut quelques jours pour me remettre de cet incident répugnant.

Un autre événement qui m'impressionna, à cette époque, fut la vision singulière d'un chien et d'une chienne en train de s'accoupler. C'est par la fenêtre de la salle à manger que je fus témoin de cette scène stupéfiante.

Notre maison – comme vous le savez – donnait sur une sorte de cour, et comme les voisins m'intéressaient énormément, je passais des heures à les observer.

Il se trouve qu'à l'époque, l'un des propriétaires de remise avait un chien, un drôle d'animal avec plein de mamelles pendantes et pointues, que je n'avais pu m'empêcher de remarquer, car il se faisait sans cesse harceler par tous les cabots du quartiers. Un jour donc, regardant par la fenêtre, je vis cet animal et un autre chien, accrochés l'un à l'autre par la queue – c'est ce que je m'imaginai –, et apparemment incapables de se libérer.

Les deux malheureuses bêtes poussaient des hurlements pitoyables, car les gamins leur jetaient des pierres.

C'était là un spectacle bien étrange, et je criai à tout le monde de vite venir voir. À peine avait-elle aperçu les deux chiens, ma nurse m'arracha de la fenêtre, me gratifia d'une bonne claque, et m'envoya jouer ailleurs en me disant que si jamais je regardais encore des choses pareilles, mes yeux allaient rouler hors de ma tête.

Je commençai de m'interroger. En quoi avais-je mal fait ? Peut-être les chiens n'étaient-ils pas attachés, peut-être s'étaient-il fourré chacun la queue dans le derrière de l'autre pour s'amuser ; ce qui, évidemment n'était pas un spectacle recommandable. Il me fallut de nombreuses années pour résoudre cette énigme.

Vers mes dix ans, mon père m'inscrivit à l'école. N'ayant jamais eu de camarades de jeu de mon âge, j'étais aussi timide qu'une petite fille, et en conséquence fis l'objet de harcèlements et de moqueries impitoyables. Les plus petits m'appelaient Mademoiselle, les plus grands me tourmentaient. Ils avaient coutume de me saisir par derrière et, m'ayant ainsi coincé, se mettaient à cogner leur bassin contre mes fesses, en me demandant si j'aimais ça. Évidemment, je ne comprenais pas ce à quoi ils faisaient allusion.

Au bout d'un certain temps, je devins très ami avec un de mes camarades de classe, qui m'expliqua ce que ces affreux garnements voulaient faire. C'est lui qui m'apprit également un jour, en grand secret, que les filles n'avaient pas de petit oiseau, comme nous.

– Non, bien sûr que non, dis-je, fier d'étaler mon savoir, elles ont une chatte à la place.

Il éclata de rire.

Peu de temps après cette discussion, nous nous retrouvâmes dans son jardin, derrière une haie, en train de parler de choses érotiques.

Entendant la voix de sa sœur cadette, il l'appela et, la saisissant soudain, la renversa sur l'herbe, souleva ses jupes, baissa sa culotte, et me montra la chair rose entre ses cuisses, cette minuscule fente que bordaient deux lèvres pâles, sorte de bouche allongée qui se tordait comme en une grimace, tandis que la petite fille se débattait.

Mais il s'assit à califourchon sur son ventre et, du bout des doigts, ouvrit lesdites lèvres. Je me laissai tomber à genoux et regardai à l'intérieur, effaré de voir tant de plis et replis de chair vivante.

– Mets-y ton doigt, tu verras comme c'est mouillé, dit-il.

De fait, j'aurais volontiers poursuivi cette exploration, mais la petite fille se mit à pousser des cris tellement suraigus que nous dûmes la laisser partir.

À partir de ce jour, en compagnie d'autres garçons et filles de notre âge, nous échangeâmes force renseignements, mesurant lequel avait le zizi le plus long, le plus gros, lequel décalottait le plus et, surtout, pouvait pisser le plus haut et le plus loin.

Un autre jeu délicieux consistait à faire allonger une fille en travers de nos genoux, baisser sa culotte et lui donner la fessée jusqu'à ce que nos mains, ainsi que ces globes paisibles, fussent rouges comme des coquelicots, brûlants comme un four et fourmillants de douleur ; cependant, nous trouvions à les fesser ainsi un plaisir inexplicable qui faisait presque se dresser nos queues minuscules. Cette distraction, cela dit, devait constituer le début et la source de tous mes déboires à venir.

Un jour, nous fûmes interrompus au beau milieu de notre exercice préféré. Je revois la scène dans ses moindres détails. C'était par une chaude journée de printemps, et nous nous trouvions dans notre petit coin favori, bien à l'écart.

Mon camarade était assis sur le gazon, et tenait l'amie de sa sœur sur ses genoux. Il avait relevé son jupon blanc, ouvert sa culotte de batiste et mis à jour deux globes de chair semblables à un gros melon fendu en deux, si ce n'est que la couleur en était vaguement rosée.

Pour notre plus grand plaisir, il écarta largement les deux globes, découvrant ainsi la petite tache brune de son anus minuscule, et tenta aussitôt d'y introduire un doigt de force. Cependant, l'orifice était trop étroit, et comme il y fourrait brutalement l'index, la pauvre enfant poussa un cri de douleur.

Il la traita de sotte puis, ôtant son doigt, lui flanqua une telle claque sur les fesses que le sang afflua aussitôt sur la peau blanche, y laissant la marque incarnate de ses cinq doigts. Cette première claque était trop violente, et inattendue; la fille laissa échapper un petit vagissement aigu, et nous battîmes tous des mains, au comble de l'allégresse.

– Ah, tu miaules, maintenant! dit le garçon, tout excité, sur quoi il lui assena une deuxième claque, beaucoup plus forte. La fille émit une cri encore plus strident et nous nous mîmes à cabrioler de joie, en une sorte de danse sauvage.

Soudain apparut au bout de l'allée fleurie la sœur aînée de mon ami, une jeune fille de dix-huit ans, bras dessus bras dessous avec le jeune homme auquel elle était fiancée. À l'autre extrémité de l'allée, se profilait la silhouette d'une vieille tante – une vieille fille acariâtre – qui nous considérait comme une bande de vauriens.

Imaginez nos têtes dépitées et penaudes tandis que, nos petits zizis à la main, nous pissions aussi haut et aussi loin que possible.

Mon camarade fut fouetté sous mes yeux – quant à nous, ses complices, nous fûmes renvoyés dans nos foyers, le rouge au front.

J'eus droit à une volée de mon père, une leçon de morale de ma tante, et une réprimande de ma gouvernante.

Après quelques jours passés à la maison, ma tante convainquit mon père de me mettre en pension.

J'avais jusqu'alors barboté dans un vice enfantin, sans m'en rendre compte, sans malice. Dans ce foyer de corruption – c'était un pensionnat français –, j'allais bientôt apprendre tous les secrets de la vie mais, chose curieuse, ce ne sont pas mes condisciples qui me les enseignèrent.

Pour diverses raisons, je ne partageais pas le dortoir des autres garçons. Tout d'abord, j'étais très jeune, et d'autre part, le directeur avait été mis au courant de mes précédents et chargé de veiller sévèrement sur ma moralité car on me décrivait comme un mouton noir affligé des tendances les plus abjectes.

On m'installa donc pour dormir avec une des infirmières, femme robuste, hommasse, et qui avait dépassé un âge canonique. Toutefois, un paravent divisait la chambre en deux espaces privés.

Une étouffante nuit d'été, je m'éveillai brûlant, fiévreux et, la gorge sèche, me levai pour essayer de trouver un verre d'eau. Il n'y en avait pas sur ma table de chevet, et je passai du côté de l'infirmière pour voir si elle en avait un. Elle était allongée sur le dos, les jambes presque écartées, les cuisses ouvertes, la fente offerte.

Tout le mileu de son corps était entièrement nu. Dans la pâle lumière ocrée, sa peau paraissait blanche et lisse comme l'ivoire. J'aurais presque été tenté d'y passer la main, n'eussé-je remarqué aussitôt la toison noire qui couvrait la moitié de ses cuisses et remontait presque jusqu'à son nombril.

Je restai là, à la contempler avec des yeux comme des soucoupes. Voilà une femme qui possédait une chatte, aucun doute à cela.

Comme l'infirmière dormait profondément, avec un ronflement sonore, j'effleurai les poils d'une main tremblante. Ils semblaient pousser plus long, à certain endroit. Soudain, l'infirmière émit une sorte de grognement, remua, et sa main vint se poser sur la mienne. Je retirai doucement ma main, me tapis aussitôt, et rampai silencieusement sous le lit.

– Guillaume, où es-tu ? fit-elle, tendant les bras dans son sommeil, me sembla-t-il.

Bien sûr, je ne répondis pas. Au bruit du sommier, je compris qu'elle s'était retournée de l'autre côté.

Je m'apprêtais à quitter ma cachette quand je perçus un léger bruit ; quelqu'un, en effet, tournait la poignée de la porte. Celle-ci s'ouvrit sans grincer.

Allongé sur le ventre, je distinguai les jambes d'un homme pieds nus, debout sur le seuil.

Tout d'abord, je pensai que c'était un cambrioleur. L'homme s'approcha du lit et demeura un moment immobile.

Que faisait-il ? Mon cœur cognait dans ma poitrine. Peut-être étouffait-il l'infirmière avec son traversin. Bientôt, un son me parvînt, qui évoquait nettement un bruit de baiser, puis un autre, et encore un autre.

Non, il n'y avait aucun doute.

– Oh ! Guillaume, c'est toi. Tu es donc venu, fit-elle.

Sur quoi elle s'écarta sur un côté du lit, comme pour lui faire une place.

Elle l'attendait, me dis-je. Qui cela pouvait-il être ?

Il y avait un certain nombre de Guillaume, dans l'établissement. Un des élèves plus âgés, un des plus jeunes, un professeur stagiaire et un domestique, un Auvergnat solidement charpenté, s'appelaient tous

Guillaume. Lequel était l'élu ? Qui plus est, comment pouvait-il s'être entiché de cette vieille virago au point de se glisser subrepticement dans sa chambre, comme un voleur, dans le seul but de l'embrasser ?

Tandis que je me perdais en conjectures, je vis les jambes et les pieds nus disparaître soudain, et le bruit que fit le sommier écrasé m'apprit que Guillaume avait rejoint la matrone sur sa couche.

Suivit un moment de silence ; une oreille mieux exercée aurait pu discerner le frottement des membres contractés et le frôlement des peaux nues, mais pas la mienne. Puis lui succéda une série de baisers volontairement silencieux, interrompus par des chuchotements voilés.

De quoi pouvaient-ils bien parler ? Je tendis l'oreille, sans pouvoir distinguer la moindre syllabe.

Bientôt, le matelas se mit à remuer, au rythme léger, presque musical, des craquements des montants du lit. C'était à présent une succession régulière, cadencée de secousses et de bonds – comme si l'on pétrissait une pâte à beignets – ponctuée par un bruit de succion évoquant un capuchon de cheval que l'on retire de la boue.

Mes conjectures les plus insensées demeuraient trop vagues pour m'autoriser toute supposition plausible quant à leur occupation.

Peu à peu, les bonds et rebonds, ainsi que les craquements, augmentèrent en intensité et en rapidité. J'avais une frousse bleue que tout le lit ne cède et ne m'écrase. Je rampai donc jusqu'au bord le plus extrême, prêt à filer à la première alerte.

Là, j'entendis l'infirmière murmurer à Guillaume de faire attention pour ne pas réveiller le gamin – moi – en faisant tant de bruit.

« Le diable l'emporte, ce sale môme », murmura son prétendant, « il est largement temps qu'on le mette ailleurs que dans ta chambre. »

Sur quoi les bonds et rebonds s'amplifièrent encore, puis il y eut un grand souffle, un halètement mêlé de grognements de satisfaction et de tortillements qui paraissaient de plaisir plus que de douleur, ainsi qu'un gargouillement indescriptible.

Puis, *sotto voce* : « Ça vient, ah ! » Puis, plus fort, d'une voix frémissante : « Ça vient, ah ! » Enfin, après une pause, l'homme ajouta encore plus fort, la voix tremblante : « Ah, ça y est. » Suivirent quelques halètements, et quelques secondes de silence durant lesquelles je me demandai ce qui pouvait bien y être, puis Guillaume ajouta avec une satisfaction indicible :

– Ah ! Baiser, c'est quand même la seule chose qui vaille d'être vécue, sur cette terre.

Ces mots me firent une impression terrible. Je me les répétai silencieusement, encore et encore.

J'avais découvert ce que Guillaume et l'infirmière faisaient. Ils baisaient. Très bien, mais c'était quoi, baiser ?

Jusqu'alors, j'avais toujours cru que baiser signifiait embrasser la main de quelqu'un, mais de toute évidence, ce n'était pas cela.

Après un long silence, l'homme demanda : « mais ça ne t'a pas plu ? »

Maintenant que Guillaume parlait de sa voix normale, il était plus que certain qu'il s'agissait du professeur stagiaire.

– Non, répondit l'infirmière, depuis qu'ils ont collé ce satané môme dans ma chambre, je ne me sens pas à l'aise, et tout mon plaisir est gâché.

– Oh, il dort comme un loir, fit l'autre.

– Je n'en suis pas si sûre, avec ce petit sournois. Juste avant que tu n'entres, je suis sûre d'avoir senti une main sur mon con. (Ce dernier mot me fit dresser l'oreille. C'était donc là un con, et non une chatte.) Enfin, je me suis dit que c'était toi.

– Tu as dû rêver.

– Oui, sans doute, conclut-elle.

Sur quoi ils s'embrassèrent, le lit craqua derechef, et elle ajouta :

– Tu ferais mieux d'y aller maintenant, il est tard.

Il y eut encore quelques baisers, puis il sauta à bas du lit :

– Allez, bonne nuit – et à mercredi soir. Sur quoi il sortit sur la pointe des pieds.

J'attendis quelques instants puis, entendant l'infirmière ronfler, je regagnai mon lit à quatre pattes.

Je me réveillai tard, et l'infirmière dut me secouer pour me tirer de mon invincible somnolence.

Je la regardai fixement et, l'espace d'un instant, elle parut fort décontenancée.

– Pourquoi me regardes-tu comme ça ? fit-elle.

– Oh, je crois que j'ai dû rêver.

– Et de quoi, mon joli ?

– Je... je n'arrive pas à me souvenir.

– Allons, mon cher petit, fais un effort, essaie de te souvenir.

Je restai un moment silencieux puis, encouragé par ses paroles d'affection et poussé par la curiosité :

– De Monsieur Lachand, dis-je, le cœur palpitant, la voix tremblante.

– Ah bon, et alors, mon petit amour ?

– Pouvez-vous me dire ce que c'est que baiser, s'il vous plaît ?

Jamais je n'oublierai la transformation qui s'opéra sur le visage de cette femme. De tendre et bienveillant, il se métamorphosa soudain en masque effrayant de laideur menaçante.

Elle leva la main, et m'octroya une gifle retentissante, puis, d'une voix basse, sifflante :

– Espèce de petit salopiaud, petit sournois, va ! Ah, tu veux savoir ce que c'est que baiser, eh bien, je vais te le montrer.

Sur quoi elle me retourna et, remontant ma chemise de nuit, commença de me gratifier d'une fessée mémorable, car plus elle frappait, plus elle y prenait plaisir, et plus ses claques étaient cinglantes.

– Maintenant, j'espère que tu as été baisé tout ton saoul, et que tu n'es pas prêt de me reposer une pareille question ; la prochaine fois, je ne te bats pas, je t'emmène tout simplement par l'oreille chez le directeur. Nous savons tous quel sale petit bonhomme tu étais, quand tu es entré ici, et il te renverra immédiatement.

Naturellement, je sanglotais à fendre l'âme, et elle me prit plusieurs fois dans ses bras pour que j'arrête, avant de me semoncer encore.

Ses criailleries et mes pleurnichements se virent brusquement interrompus par l'écho du tambour. C'était le deuxième appel, et j'aurais déjà dû être lavé, peigné, et prêt à rejoindre mes camarades.

L'infirmière me plongea la tête dans une cuvette d'eau, sans cesser d'insister pour que j'oublie le mot horrible que j'avais employé, ajoutant que, pour cette fois, elle n'en parlerait pas aux maîtres, puis elle m'aida à passer mon uniforme sale.

La journée fut interminable. Je n'avais goût à rien, je me sentais totalement perplexe et déprimé.

Dans mon désarroi, je fus heureux de voir arriver le soir, et mon lit m'apparut comme un havre de paix. Bien que j'eusse eu l'intention de rester éveillé, pour voir si quelque chose allait arriver, je m'endormis sitôt la tête posée sur l'oreiller.

Je devais somnoler, car je me réveillai quand l'infirmière entra, et me réveillai de nouveau quand elle s'étendit lourdement sur sa couche. Comme dans un rêve, j'entendis l'horloge sonner une heure, puis me parvint un léger bruit : on ouvrait la porte de la chambre et quelqu'un entrait.

Malgré ma curiosité, je n'osai pas me retourner, ni même bouger ; j'étais persuadé que l'infirmière tendait l'oreille pour savoir si je dormais ou non.

D'ailleurs, elle laissa bientôt échapper un long soupir sifflant, et bondit hors de son lit.

Elle empêcha l'homme d'avancer plus, et se dirigea vers mon lit. J'étais allongé sur le ventre, la tête tournée vers le mur, silencieux comme la mort. Je savais qu'elle venait vérifier que j'étais bien endormi. Elle me tapota l'épaule, me demanda si j'avais envie de faire pipi et, voyant que je ne réagissais pas, mais continuais de respirer lentement, régulièrement, crût que je dormais, et retourna vers Guillaume.

Dès qu'elle l'eût rejoint, ils se mirent à chuchoter, de la même manière basse, voilée, un peu nasillarde. Peu à peu cependant, leur excitation croissante les fit parler un peu plus fort et, tendant l'oreille, il m'apparut que la voix de l'homme était celle d'un autre Guillaume, un étudiant de dernière année, jeune Marseillais d'environ dix-sept ans, le gaillard le plus costaud de tout l'établissement.

Ils semblaient apprécier leur petit jeu. Je me tordais le cou et essayais de regarder en coin, jusqu'à en avoir mal aux yeux.

Ils étaient à présent debout tout près l'un de l'autre, et s'embrassaient. Elle tenait son zizi dans la main, et le frottait, me sembla-t-il. Lui avait soulevé sa chemise et glissé une main entre ses jambes.

Après s'être ainsi distraits un moment, tous deux disparurent derrière le paravent, et il m'apparut évident qu'ils s'étaient couchés ensemble.

Cela commença lentement, comme un moteur à vapeur que l'on démarre, mais après quelques tours de machine, la vitesse des pistons augmenta.

Et ce furent de nouveau les mêmes échos assourdis de bonds, de soubresauts, les mêmes soufflements inarticulés, respirations lourdes, halètements de plaisir, et jusqu'aux gargouillements rauques, rythmés par les coups sourds contre le matelas, le craquement des chevilles du lit, les grincements des montants de bois.

De toute évidence, ils y prenaient un extrême plaisir – ils ne se seraient pas donné pas tant de mal pour rien – et j'en conclus qu'ils faisaient cette fameuse chose qui seule vaut la peine d'être vécue.

Ma curiosité, mon excitation devenaient telles que j'avais peine à tenir en place. Mon désir de les voir baiser était irrépressible.

Ma première idée fut de me glisser silencieusement à terre et de ramper jusqu'au paravent pour jeter un coup d'œil, mais finalement, il m'apparut plus avisé de me mettre debout sur mon lit et de regarder par-dessus l'écran de papier.

Je me levai donc doucement, m'appuyant tant bien que mal au mur et essayant de faire le moins de bruit possible. Comme j'étais très léger, le lit n'émit pas le moindre craquement.

Pendant un petit moment, je ne compris pas grand chose à ce que je voyais, mais peu à peu, je m'aperçus que l'infirmière était allongée sur le dos, et Guillaume couché sur elle. Tous deux bougeaient et remuaient de haut en bas.

Plissant les paupières et retenant mon souffle, je me penchai avec précaution. À présent, je voyais qu'elle avait noué ses jambes grasses à celles de l'homme, et qu'ils se tenaient serrés dans les bras l'un de l'autre.

– Là, là, dit-elle, bouge un peu, mais ne te retire pas, là, comme ça, enfonce-la, enfonce-la tant que tu peux, ah !

Dans mon avidité de voir, je me penchai juste un peu trop et, soudain, le matelas se déroba sous mes pieds et, paf ! je glissai et m'étalai à terre avec un grand bruit sourd.

Je m'étais cogné la tête et j'avais mal au dos, mais je n'osai pas émettre le moindre gémissement, même si je pleurnichais vaguement, malgré moi, en essayant de me dépêtrer des draps, mais avant que j'eusse eu le temps de me relever, l'infirmière avait surgi et me collait la main sur la bouche, manquant m'étouffer, de crainte que je ne me mette à crier.

– Qu'est-ce qui t'arrive encore, espèce de petit monstre ? siffla-t-elle à mon oreille.

– Je... je suis tombé de mon lit.

– Oh, tu es tombé, comme ça, espèce de sale môme. Elle me tira violemment les cheveux – et comment as-tu fait pour tomber, je te prie ?

– J'ai dû glisser, répondis-je, le souffle court.

– En dormant ? fit-elle, se calmant un peu.

– Oui, je devais rêver.

– Oh, tu as fait un mauvais rêve, mon pauvre petit, c'est ça ? ajouta-t-elle d'une voix apaisante, en m'embrassant.

Sur quoi elle m'aida à me recoucher, me borda et me dit de me rendormir.

J'avais vu ce que je voulais voir, mais pas autant,

peut-être, que je l'eusse souhaité; bien évidemment, il était hors de question de me rendormir après cela.

Ils demeurèrent un moment parfaitement silencieux, puis, au bout d'un certain temps, j'entendis l'infirmière s'approcher de mon lit. Je fis exactement comme la fois précédente. Elle m'appela. Je ne daignai pas répondre. Alors, elle retourna vers son lit.

– Tu ferais mieux de partir, maintenant, dit-elle.

– Oh, laisse-moi te mettre encore une fois, fit-il d'une voix cajolante.

– Non, pas ce soir.

– Oh, mais cette saleté de môme a tout gaché, juste au moment où j'allais décharger.

(Je me demandais bien ce qu'il allait décharger.)

– Non, répéta l'infirmière, inutile d'insister, mais je vais te dire, tu peux me *faire minette** si tu veux. Ça ne fait pas de bruit.

Nouvelle interrogation. Que s'apprêtaient-ils à faire ? J'aurais bien aimé qu'ils m'autorisent à participer à leur petit jeu. Je n'osai plus bouger, certain que leur fureur serait à son comble si je gâchais une deuxième fois leur plaisir.

Quel que fût le jeu en question, ils restèrent silencieux un moment, puis je perçus l'écho de tortillements et de contorsions, des respirations haletantes, profondes, comme si l'infirmière avait mal au ventre, puis un soupir contenu, comme si la douleur avait disparu, et le silence retomba pendant quelques minutes.

Puis il me sembla qu'ils se levaient.

* En français dans le texte. (N. d. T.)

– Ça t'a plu ? s'enquit-il.

– *Fichtre !**, fit-elle d'un ton assuré.

– Je fais ça bien, hein ?

– Très bien.

Puis, quelques mots d'une voix suppliante, que je ne pus percevoir.

– Va-t'en, cochon, répondit-elle.

– Vendredi, alors ?

– Oui.

Sur quoi il se dirigea vers la cuvette, et il me sembla qu'il se rinçait la bouche.

Je passai quelques nuits paisibles. Je n'entendis rien, ne me réveillai pas une seule fois. Je crois que j'avais attrapé un rhume, très léger en fait, car je ne m'en rendais pas compte, mais l'infirmière, qui s'était excessivement entichée de moi, me dit que je toussais durant la nuit et que j'avais la respiration sifflante, et me fit prendre une tasse de thé avant le coucher.

Tout cela était bel et bon, disait-elle, mais je ne devais aucunement en parler aux autres garçons, car ils seraient jaloux. Je continuai à boire mon thé plusieurs soirs d'affilée, mais que ce fût à cause de mon rhume, ou de la chaleur étouffante, plus je dormais, plus je me sentais abruti.

Finalement, au bout d'une quinzaine de jours, écœuré de cette tisane, et persuadé que mon rhume était guéri et que je ne toussais plus, je décidai – à l'insu de l'infirmière –, au lieu de la boire et d'attendre qu'elle traverse tout mon corps pour finir dans le récipient

* En français dans le texte. (N. d. T.)

auquel elle était destinée, de la verser directement dans le vase de nuit.

Je m'endormis, mais sans sombrer dans la léthargie de la veille au soir.

Au milieu de la nuit, je fis un rêve singulier. Je me trouvais à bord d'un bateau et l'infirmière était avec moi, mais je ne sais pas exactement si nous étions couchés ou non.

Soudain, les vagues se faisaient fortes, et venaient s'écraser contre l'étrave du bateau qui tentait péniblement d'avancer au milieu des trombes d'eau.

Le bastingage grinçait, le moteur s'époumonait tandis que les pistons allaient et venaient dans les cylindres. Tout soudain, des pirates prenaient le bateau à l'abordage – comme dans l'histoire que je venais de lire ce soir-là –, mais un seul d'entre eux s'attaquait à l'infirmière, comme Guillaume Chrétien l'avait fait deux semaines auparavant, et la malheureuse sanglotait et appelait à l'aide. Oui, je l'entendais parfaitement haleter, ballottée en tous sens, poussant des cris suraigus.

Alors, je me saisissais d'une grosse pince et me ruais à son secours. Quelqu'un avait sonné la cloche d'alarme car le bateau était en feu, et moi aussi j'appelais à l'aide, je hurlais.

S'ensuivait une bagarre. L'infirmière était à côté de moi et m'étranglait presque, échevelée, les yeux hors de la tête, avec le visage du diable. Un homme apparaissait aussi près de mon lit.

– Si tu cries, espèce de fripouille, je te tue, disait-il.

L'infirmière me bâillonnait. À présent je reconnaissais l'homme qui m'avait menacé. C'était Guillaume, le serviteur auvergnat, avec sa large carrure. Une seconde plus tard, il avait disparu derrière le paravent.

Au bout de quelques instants, je perçus de la lumière et des bruits de pas dans le corridor, mais la porte étant verrouillée, personne ne pouvait entrer. L'infirmière répondit que tout allait bien, que j'avais juste fait un cauchemar et tiré sur la corde de la cloche dans mon sommeil; ainsi, tout le monde s'éloigna en grommelant et en m'accusant, bien entendu, de causer à moi seul plus de tracas que tout le reste de l'établissement.

Je fus secoué, bourré de coups de poings, et l'on m'ordonna de me rendormir immédiatement, ce à quoi je m'efforçai avec la plus grande diligence.

Cependant, mon séjour dans cette pension devait être de courte durée.

Peu après l'incident de cette nuit-là, Mr. Durieux, un des Guillaume, qui avait largement goûté les charmes de mon infirmière, certaine nuit dont je me souvenais bien, nous expliquait quelque chose à propos des guerres persiques.

Le cours était fort intéressant, et je me souviens qu'il nous disait que les garçons de quinze ou seize ans se battaient en héros.

Soudain, mon voisin me chuchota à l'oreille:

– Demande-lui donc à quel âge on peut tirer un coup!

– Pourquoi? fis-je innocemment.

– Histoire de rire, comme ça. Pose lui la question. À

moins que tu n'aies la frousse.

Je protestai que je n'avais pas la frousse, et posai la question, directement, en toute simplicité.

Je vis alors Mr. Durieux devenir rouge comme une tomate et bondir de sa chaise, comme si c'était un siège éjectable. La classe tout entière éclata d'un rire sonore.

Mr. Durieux me jeta un regard furibond, et ordonna qu'on fît silence. Sors d'ici, me dit-il.

– Mais pourquoi ? demandai-je, tout tremblant.

– Tu vas sortir immédiatement, espèce de petit voyou, sinon j'appelle Guillaume.

Je savais que Guillaume – que les trois Guillaume, de fait, avaient une dent contre moi. Ne les avais-je pas interrompus tandis qu'ils baisaient l'infirmière, et au plus fort de leur émoi ? Je me levai donc illico, espérant qu'il n'appellerait pas le serviteur.

Mais comme je ne revis jamais mes camarades de classe, car je fus expulsé de l'établissement, ce n'est que beaucoup plus tard, en grandissant, que je compris enfin que la Baise était en effet la chose la plus importante du monde. En vieillissant, le m'aperçus que la Baise, c'est la vie même ; et, souhaitant, en écrivant, faire œuvre profitable au lecteur, je m'apprête maintenant à rédiger les nouvelles qui vont suivre.

FLORENCE

Dix-neuf ans, un corps délicat dans être fluet, les joues roses et les yeux les plus brillants du monde, pleine d'entrain, de gaîté ; bref, elle était parfaitement séduisante ; une fille que le meilleur des hommes aurait pu aimer, et, dont le premier pécheur venu n'aurait pas refusé de caresser les rondeurs. Cela faisait deux ans qu'elle travaillait comme employée de bureau chez M. & C., tout au sud de Manhattan ; et cela faisait longtemps que l'associé minoritaire, Mr. Thomson, admirait sa beauté et sa grâce, pour ne pas parler, aux beaux jours, de la rondeur immaculée de ses bras exquis et de son cou entr'aperçu. Mais, en homme raisonnable, il se contentait de l'admirer, et se donnait du mal pour dissimuler son sentiment.

Cela dit, en septembre 1919, un nouveau garçon de bureau devait débarquer dans l'entreprise. C'était un jeune gars fort brillant et bien bâti, séduisant de figure et respirant la santé. Son énergie juvénile semblait baigner de lumière le bureau tout entier, chose que Miss Florence, bien entendu, constata comme tout un chacun. Mais personne autant qu'elle ne le ressentit aussi profondément. Ce garçon avait quelque chose qui la faisait légèrement frissonner dès qu'il s'approchait d'elle, et lorsque sa main touchait la sienne, accidentellement ou non, il lui semblait éprouver une véritable décharge électrique. Horace ne tenta pas de dissimuler son attrait envers elle, même si lui seul aurait pu dire jusqu'à quel point il espérait bénéficier de ses faveurs. Un mois s'écoula ; leur attirance réciproque semblait grandir chaque jour. Et décembre arrivé, la jeune fille trouvait régulièrement quelque prétexte pour demeurer la dernière au bureau (les autres partaient vers quatre heures et demie), où Horace et elle semblaient prendre un grand plaisir à rester bavarder. Cet état de choses ne pouvait évidemment pas s'éterniser, et avant longtemps, elle laissa le gaillard la prendre dans ses bras et la serrer contre lui, puis l'embrasser encore et encore, ce qui lui causait plus de plaisir qu'elle ne l'aurait avoué. Peut-être le considérait-elle comme un enfant, auquel cas elle se trompait lourdement.

Puis il se fit plus audacieux, et son désir lui apparut sans ambiguité ; souvent, elle décidait de rompre franchement mais, le soir venu, elle se retrouvait dans ses bras, puis se disait, une fois le plaisir épuisé, que le lendemain serait différent. Et vînt le jour où, une fois seuls, il la cajola jusqu'à ce qu'elle accepte de le suivre dans un autre bureau, où il lui dit avoir rangé une bouteille de cidre. Elle l'accompagna donc, sans penser à mal, et se retrouva dans une pièce où elle n'avait jamais pénétré auparavant, et qui était la chambre où dormait le gardien de nuit après son office, à minuit. Tout d'abord, elle fut quelque peu effrayée, mais le jeune homme avait là, réellement, une bouteille de cidre, dont ils burent quelques verres. Bien sûr, il n'y avait là rien de répréhensible, mais peut-être le breuvage avait-il été agrémenté d'un petit quelque chose, car elle se sentit légèrement étourdie et, toujours sans penser à mal, s'allongea sur le lit du gardien de nuit.

Mon Dieu, j'ignore si le jeune homme avait prévu cela, ou bien si la simple vision de cette jolie fille abandonnée aiguillonna son désir. Ce que je sais, en revanche, c'est qu'il fût aussitôt près du lit et que, comme elle ne semblait se rendre compte de rien, il souleva doucement ses jupes, découvrant deux mollets dodus gainés de noir; et qu'après un instant d'immobilité admirative et excitée, il la rejoignit en hâte sur le lit et glissa une main sous ses vêtements. Avant qu'elle n'ait pu intervenir, il la caressait et la chatouillait entre les cuisses, d'une façon telle qu'elle laissa échapper un cri de désir. Quoi qu'elle en eût, elle ne pouvait plus se débarrasser de sa main à présent, car dès qu'elle réunissait assez de forces pour le repousser, il recommençait de la caresser et de la chatouiller, et elle sentait alors toute sa volonté s'échapper par cet endroit d'où montait une sensation si inaccoutumée. Et à chaque nouvel assaut, elle voyait diminuer sa capacité de résistance, de sorte que, cinq minutes après s'être laissée tomber sur le lit, elle gisait là, toujours avec la main du jeune homme fourrée sous ses vêtements, absolument impuissante, tremblant des pieds à la tête, électrisée par cette sensation indescriptible qui lui venait d'entre les cuisses, et qu'elle n'avait encore jamais connue.

Et quand elle se laissa aller en arrière, immobile, il sut qu'elle était à lui. Elle ne détourna même pas la tête tandis qu'il bondissait hors du lit et arrachait son pantalon, dévoilant son membre gonflé de désir, raide comme un tisonnier chauffé au rouge. Elle remua à peine la main quand il la rejoignit sur le lit, releva jupe et jupon jusqu'à la taille, et dégrafa fiévreusement sa culotte. Elle poussa un cri, mais sans bouger davantage, quand il la lui retira, mettant à jour la blancheur sans pareille de deux jambes lisses, galbées, exquises et, entre ces jambes, le délicat nid de colombe. La vision de toute cette blancheur virginale n'inspira nulle pitié au jeune homme ; il s'installa fermement entre les deux colonnes d'ivoire, donna quelques coups de son gland sur le sanctuaire d'amour puis, d'une main impatiente, trouva l'entrée et introduisit son membre dans le fourreau, sur quoi, avant même d'avoir eu conscience du crime qui se perpétrait, la jeune fille se retrouva empalée sur le dard de cette brute diabolique, alors qu'elle eût constitué un cadeau digne des dieux eux-mêmes.

Sa virginité envolée, elle n'offrit pas la moindre résistance à ses assauts, et à peine avait-il pénétré la citadelle d'amour qu'elle le noyait de sa jouissance, si généreux était son tempérament. Il le sentit et, triomphant, s'apprêta à conclure sans tarder. À cet instant encore, quelqu'un aurait pu la sauver de ce déshonneur, mais hélas, le secours arriva trop tard. Car il l'avait déjà bien limée de son outil vigoureux quand on entendit une clef tourner dans la serrure de l'entrée ; il perçut le bruit, mais rien ne pouvait l'arrêter ; il continuait de la prendre, les muscles bandés ; sa queue raidissait encore ; une puissante pulsation montait dans son membre éperdu de désir. Puis la porte s'ouvrit et un homme se rua dans la pièce, comprit la situation en un clin d'œil, se précipita vers le lit et empoigna le mauvais bougre par les hanches, le tirant en arrière.

Mais le malheur de la jeune fille était consommé, car tandis que Mr. Thomson traversait en hâte la grande pièce, le jeune homme avait déchargé un long trait de semence sur les lèvres intouchées, et comme son patron, fou de rage, le repoussait brutalement, le sperme continuait de gicler de son membre raidi. Toutefois, en l'accablant de coups et d'insultes, Mr. Thomson, au comble de la rage, l'éjecta de la pièce, en le prévenant de ne plus jamais se montrer en ces lieux.

Ainsi, la pauvre fille déshonorée demeura seule avec l'homme qui l'admirait depuis si longtemps, et qu'elle aussi admirait en secret. D'instinct, elle avait baissé ses jupes, mais restait encore trop sous le coup de l'excitation pour tenter de s'enfuir; elle gisait, inerte. Alors, Mr. Thomson s'approcha du lit, s'assit à côté d'elle, et s'employa à l'apaiser, en feignant de ne pas penser à ce qui venait d'arriver. Mais, aussi respectable sa jeune amie fût-elle, la vue de ces jambes exquises, de cette rougeur du plaisir qui colorait encore ses joues ravissantes, le troublait immensément. Pour dire la vérité, et malgré tous ses efforts, le souvenir de cette vision s'imposait à son esprit avec une telle insistance qu'il eut bientôt une érection aussi puissante que celle d'Horace qui, lui, avait effectivement atteint ce paradis du désir, ne fût-ce qu'un instant.

Il vint s'étendre sur le lit ; il avait fermé la porte à clef avant de revenir ; il demeura ainsi allongé, à quelque distance de la jeune fille ; celle-ci n'émit aucune objection à sa présence à côté d'elle ; de fait, il lui apparut qu'une flamme s'était allumée dans ses yeux humides. En vérité, la nature s'était éveillée en elle. Finalement, il ne put contenir davantage ses sentiments, et parla de ce qu'il avait vu. Et enfin, pour s'assurer que le membre de ce vaurien avait effectivement pollué la jeune fille, il lui posa franchement la question. Elle lut dans ses pensées, et c'est en rougissant plus fort encore qu'elle répondit : « Oui, Mr. Thomson, un fois seulement, mais cela suffit ; je l'ai bien senti, et je ne suis plus vierge à présent. »

En un clin d'œil, il l'avait serrée entre ses bras puissants.

« Oh, Florence, ma chérie, jamais je ne vous aurais fait une chose pareille, vous le savez ; votre pureté aurait toujours été sauvegardée, avec moi. Mais si elle s'est enfuie à présent – car vous devez bien savoir si cette semence vous a souillée –, si c'est le cas, alors venez entre mes bras, et nous nous aimerons, nous nous envolerons jusqu'aux sommets les plus hauts du paradis. »

Et que pouvait répondre la jeune fille ravie, sinon un « oui » murmuré, tout en rougissant davantage encore.

Avec un cri de joie, il sauta hors du lit, embrassa les jolies paupières de la jeune fille pour qu'elle ferme les yeux, lui enjoignant de ne pas les ouvrir avant qu'il ne le lui permette. Puis il se débarrassa en hâte de tous ses vêtements, exposant son superbe corps blanc, son dos, ses bras et ses jambes magnifiquement musclés. C'est avec délices qu'elle entendit le froissement des vêtements que l'on ôtait; elle savait que le véritable bonheur n'était plus loin.

Alors, il s'approcha du lit, membre érigé; elle garda les yeux clos, comme il le souhaitait. «N'aie pas peur, ma chérie», dit-il en commençant de lui ôter délicatement ses souliers; ce fut bientôt chose faite, et les bas suivirent. Puis il la souleva doucement; elle comprit, et dégrafa d'elle-même son col; la ceinture céda sans difficulté. À présent, il la mettait sur ses pieds, tout en prenant soin que ses mains ne touchassent pas sa chair nue; jupe et jupon glissèrent facilement le long de son corps fuselé; ensuite, les jarretelles; ne restait que sa chemise, assez longue. La beauté avait toujours les yeux fermés; elle ne ressentait nulle crainte, bien qu'elle se sente maintenant presque nue.

Il fit une pause, et ne put réfréner un cri de bonheur en contemplant ses jambes superbement galbées, ses hanches souples, pour ne pas dire généreuses, au milieu desquelles le paradis lui-même se nichait. Puis, les mains tremblantes, il releva la chemise vaporeuse, découvrit le ventre d'un blanc immaculé, avec son nombril profond, et arriva à la pulpeuse barrière des seins, où il dut faire une effort considérable pour soulever le vêtement sans presser les glorieux monticules aux mamelons déjà érigés.

«Maintenant, lève les bras, ma chérie», dit-il.

Ce qu'elle fit; il fit glisser la chemise par-dessus leur blancheur potelée; la jeune fille était nue.

Il lui prit la main et lui dit de s'allonger sur le lit, ajoutant à son oreille de s'installer en arrière, légèrement en hauteur, et elle obtempèra aussitôt. La chambre semblait baigner dans l'éclat d'un désir passionné.

Il demeura immobile encore un instant, contemplant la silhouette exquise, blanche et nue, déjà frémissante de plaisir, et que saisirait bientôt la folie irrépressible des sens.

Puis il lui demanda d'ouvrir les yeux ; elle obéit.

Pour la première fois, elle découvrait ce corps blanc et solidement charpenté, planté au milieu d'un pieu glorieusement érigé ; elle manqua un instant s'évanouir tant ses pensées se bousculaient, puis la passion submergea tout, et elle tendit vers lui ses bras ravissants ; immédiatement, il la rejoignit sur le lit ; elle se redressa à demi pour venir à sa rencontre, et ils s'étreignirent passionnément avant de retomber ainsi enlacés, gémissant de plaisir, tandis qu'ils pressaient leurs deux corps blancs l'un contre l'autre et que frémissaient les deux monticules voluptueux, qui n'avaient encore jamais senti le contact d'une peau d'homme.

Ces sensations-là échappent à la description. Nous nous bornerons donc à dire qu'ils restèrent un long moment ainsi, chacun se pénétrant de l'ineffable douceur de la chair de l'autre. Corps noués dans cette étreinte, ils soupiraient et gémissaient, au sommet du plaisir.

Et ainsi, peu à peu mais régulièrement, grandit leur désir de bonheurs inédits, et ils agirent en conséquence, de manière tellement simultanée qu'ils se rendirent à peine compte de cette évolution, jusqu'à ce qu'il fût totalement étendu sur le corps comblé de la jeune femme allongée sur le dos. Les deux corps s'emboîtaient divinement. La joue pressait la joue, les épaules se rencontraient et, aussi curieux que cela puisse paraître, les mamelons érigés de ses seins majestueux touchaient exactement les petits tétins de son torse à lui, et ce simple contact semblait générer une onde de tendre désir passant de l'un à l'autre. Les ventres se collaient l'un à l'autre ; les jambes de l'homme s'allongeaient parfaitement sur les adorables colonnes de chair, jusqu'aux pieds qui enserraient fermement les pieds blancs et délicats. Et, plus que tout, son membre raidi se dressait glorieusement, droit entre leurs deux ventres, tandis que ses couilles charnues demeuraient juste sous la limite de ce nid moussu où palpitaient déjà deux lèvres brûlantes, attendant que les deux amants fussent unis dans l'amour consommé.

Ils restèrent longtemps, délicieusement longtemps, dans cette position, sans qu'un mot fût échangé. Le baiser divin de leurs deux chairs constituait en soi toute leur jouissance.

Mais au bout d'un certain temps, la divinité du sexe lui instilla le besoin de consommer l'acte à nul autre pareil ; son désir, comme celui de la jeune fille, exigeait à présent la pleine satisfaction de tous les sens, que l'accouplement de leurs corps superbes leur procurerait à tous deux.

Ainsi, peu à peu, il glissa doucement ses pieds entre les pieds délicats de la jeune fille, dont les mollets blancs et ronds s'écartèrent sans retour, dont les genoux se dirent adieu, et dont, enfin, les cuisses voluptueuses se séparèrent pour étreindre la douceur duveteuse de celles de l'homme ; tous ces charmes jumeaux ne devaient plus se retrouver avant que leur ravissante maîtresse ait atteint les plus hauts sommets du plaisir, au cœur de ce nid mousseux que leur séparation laissait à présent ouvert à l'assaut bienvenu du membre palpitant, qui avait si longtemps frappé à la porte sacrée.

Tous deux demeuraient silencieux, alors même que les avant-postes de la citadelle étaient à présent démantelés. Mais tous deux soupiraient de désir mutuel ; une fois encore, joue contre joue, épaule contre épaule, seins contre seins ; et elle était maintenant, mon Dieu, tellement, tellement impatiente de se donner. Alors, une main prudente chercha, trouva, guida. Ceci n'était bien sûr pas nouveau pour elle, mais ô combien plus doux, même dans cette première approche. Et tandis que son pieu, doucement mais fermement, avec précaution, pénétrait dans le fourreau humide, elle eut la sensation que des vibrations magnétiques en émanaient déjà. Il avança progressivement en elle, jusqu'à ce que le gland vienne se nicher contre l'utérus.

Instantanément, une vibration électrique s'établit entre eux ; la jeune fille la ressentit et, aux anges, frémit de plaisir ; lui également la ressentit, et en fut aussi ému qu'elle. Ils restèrent ainsi, parfaitement immobiles, s'abreuvant, sans un geste, de la volupté intérieure de l'autre, comme auparavant ils s'étaient gorgés du plaisir de la chair seule.

Et bientôt, ce courant alternatif du magnétisme sexuel, que l'on désire tant connaître, et que l'on connaît si rarement, commença de passer entre eux. Il sentait brusquement une chaleur pénétrer sa queue ; la chaleur l'emplissait, puis il la sentait, nettement, fulgurer le long de sa moelle épinière, jusqu'à son cerveau. Elle se consumait là un instant, des lumières éclataient dans ses yeux ; il ne voyait plus rien d'autre. Puis elle redescendait rapidement jusqu'à son engin, et il la sentait, nettement, passer dans l'utérus de la femme qui, à son tour, frémissait en sentant toutes ses entrailles saisies par ce courant délicieux qui de nouveau fulgurait jusqu'au cerveau ; alors la tête lui tournait, un plaisir de braise se consumait en elle, qui redescendait brusquement pour emplir de nouveau la verge de l'homme.

Le va-et-vient continua ainsi, plus enivrant à chaque fois. Ils demeuraient parfaitement immobiles, tandis que cette électricité passait sans cesse de l'un à l'autre, toujours plus violente.

Quatre fois, la vibration passa d'elle à lui ; quatre fois, chaque fois plus intense, elle courut depuis l'extrémité de sa queue emprisonnée par les lèvres les plus intimes dans l'utérus de la femme.

Comme elle lui transmettait pour la cinquième fois cette décharge d'énergie magnétique, elle sentit qu'elle ne pourrait en supporter davantage. Il eut la même sensation, tandis que la vibration fulgurait jusqu'à sa tête, laissant dans ses couilles une brûlure qui faillit lui faire perdre l'esprit. De vives lumières explosaient dans ses yeux, son cerveau semblait en flammes, un parfum enivrant, entêtant, émanait du corps de la femme qui suait la passion par tous les pores de sa peau.

Puis une dernière fulgurance redescendit jusqu'à son sexe ; il eut l'impression qu'un éclair jaillissait de sa queue, comme la brûlure incandescente passait dans le ventre de la femme ; celle-ci, la sentant venir, crut perdre connaissance, mais non, grâce au ciel, cela lui fut épargné : elle en ressentit jusqu'au dernier frisson de jouissance. La vibration remonta le long de son dos ; des éclairs explosèrent devant ses yeux.

La brûlure laissée dans ses testicules par la vibration magnétique les faisait se presser contre sa racine, et cette vive chaleur se répandait à présent dans sa queue elle-même, qui commença d'enfler encore. Il enserra un peu plus fort les épaules blanches, toujours sans remuer les lèvres. Puis, pour la dernière fois, la fulgurance dévala le dos de la femme, jusqu'à ses reins, jusqu'à son ventre, comme elle sentait le sexe de l'homme grossir lentement en elle ; ses entrailles lui paraissaient flamber de mille incendies ; puis soudain, la nature lui offrit un instant de répit, et elle mouilla abondamment.

Ce fut là un soulagement très bref, puis le courant d'électricité recommença d'incendier le sanctuaire. L'odeur de l'animal le plus impétueux, le plus ardent que la terre ait jamais porté, celle d'une femme amoureuse sur le point de se faire prendre, leur montait aux narines, les pressant d'achever.

Un cri, celui de l'homme tremblant; il la serra aux épaules; sa queue palpita soudain, s'agitant seule, sans qu'il eût remué les hanches.

Le gland puissant enfla encore entre les lèvres torrides.

Un immense pulsation saisit tout le membre, de la racine au gland; elle poussa un cri; il la rassura, sans un geste, sans un mot.

Une nouvelle pulsation; le membre enflait encore.

Le gland congestionné de désir, enveloppé dans les lèvres de la matrice, pénétra, à peine, le saint des saints.

Puis vint la troisième, ultime pulsation, aussi puissante que les deux autres réunies, et avec elle, l'orgasme.

Elle poussa un grand cri, comme une puissante décharge de semence brûlante, enflammée, giclait par cet étroit orifice, jusqu'au centre même de son utérus palpitant.

Suivit une nouvelle décharge abondante, puis une autre, projetant leur fardeau de passion au cœur vibrant du temple sacré, au cœur sacré de l'adorable créature.

Et à chaque jet brûlant arrosant le sanctuaire, la jeune femme torturée criait tant et plus, mais les assauts se faisaient répétés, plus rapides, et elle finit par demeurer là, à demi évanouie, à demi suffoquée, gémissant et frémissant d'extase, tandis que l'homme continait de déverser en hommage à la passion le glorieux fardeau de ses reins puissants.

La bcauté pantelante gisait sous lui, haletant, gémissant, soupirant, gémissant encore, et laissait parfois un cri lui échapper comme la caresse trop forte du plaisir la poussait au-delà de ses derniers retranchements, jusqu'à ce que son nid d'amour eût reçu jusqu'à plus soif le don de la force virile à sa jeune, tendre et fraîche beauté.

Alors ils demeurèrent longtemps enlacés, redescendant lentement sur terre, et c'était là le couple le plus harmonieux et le plus ardent qu'un lit eût jamais réuni.

Nous devrons laisser à notre imagination le soin de poursuivre le récit de cette nuit divine, où la jeune beauté amoureuse devait être plus que comblée, et initiée en outre aux mystères des flux ondulatoires.

Quant à dire que ce fût là leur unique nuit d'amour, ce serait pur mensonge.

DES JEUNES FILLES ET DE LEUR CON

Les jolies jeunes filles ont entre les cuisses de ravissants et délicats petits cons, pour que les ardents jeunes mâles y fourrent leur queue bien raide. Qu'un jeune homme voie le con charmant, frisé d'une jeune fille, et regardez comment sa queue se dresse ! Si une fille s'asseoit jambes écartées, puis remonte ses jupes, dévoilant d'adorables cuisses blanches qui encadrent le délicieux petit triangle de poils, la queue de tout jeune homme s'éveillera, se fera dure, raide, et impatiente de s'approcher, d'entrer en contact avec le con jeune et soyeux.

Pensez à tous ces jolis petits cons entre les jambes des jeunes filles qui se promènent dans les rues, dorment à la nuit, et à toutes ces queues viriles dissimulées sous les pantalons. Quelle joie, quand l'un de ces cons et l'une de ces queues se rencontrent ! Dans la danse, corps contre corps, queue et con se rapprochent. Il n'est guère étonnant que les jeunes femmes et les jeunes hommes, apprenant ainsi à se désirer, aient envie d'abandonner la piste de danse pour s'allonger ensemble quelque part – même s'ils ne le disent pas !

Quel plaisir de rencontrer, dans un bal de campagne, une fille qui connaît les délices de la baise, et quittera volontiers la salle bruyante et étouffante où la proximité de vos deux corps a éveillé son désir, pour rejoindre quelque coin tranquille et ombragé, dans les bois, et s'y allonger, et ouvrir son con prêt à recevoir les assauts d'une queue impatiente ! C'est un bonheur de trouver une telle fille, de presser votre corps contre le sien au rythme d'une valse délicieuse, de sentir son étreinte se resserrer, en sachant qu'à chaque fois que vous frôlez ses jambes en dansant, son con commence à s'éveiller et à se contracter de désir. Enlacez-la, serrez-la bien, pour qu'elle sente la pression, la palpitation de votre queue qui commence à raidir à la chaleur de son corps, au travers de ses vêtements. Puis emmenez-là au-dehors, et embrassez-la jusqu'à ce qu'elle entr'ouvre la bouche et s'accroche à vous dans ce baiser effréné qui signe sa reddition. Après quoi, entourez-la de vos bras et prenez le chemin vers le bosquet plongé dans l'ombre dense. Elle sait pourquoi vous vous dirigez par là, et en chemin vous arrête pour d'autres baisers ardents, serrée contre vous, frottant son corps contre le vôtre. Dans la pénombre du bosquet, elle vous abandonne ses jeunes seins, fermes sous la caresse de votre main, et colle ses cuisses contre les vôtres. Elle s'adosse à un arbre, vous laisse l'embrasser encore, pressé contre elle, et quand vous soulevez sa jupe elle écarte les jambes, de sorte que vos doigts trouvent aisément son jeune con tout chaud, humide et ouvert. Comme elle tremblera et frissonnera, tandis que vos doigts flatteront ce délicieux organe poilu ! Elle pourra alors vous toucher et prendre votre queue raide, durcie et palpitante, la sortir et la glisser entre ses cuisses, et même se faire prendre ainsi, debout contre un arbre !

À moins qu'elle ne se laisse aller sur le sol moelleux, vous attirant à elle, et ne s'étende là, les jambes largement écartées, le con ouvert, prête à vous recevoir avec des baisers voraces, le souffle court, secouée de désir, jouissant de tout son corps du plaisir que vous lui donnerez. Et, dans la pénombre, vous percevrez aux alentours, non loin, les échos du plaisir d'autres couples heureux, également excités par la danse et goûtant les jeux du sexe dans la douceur de la nuit.

Mais en ville aussi, il existe des petits cons désireux de se faire mettre. Si vous connaissez une femme vigoureuse, une jeune mariée portée sur la chose, ou une jeune veuve qui n'a pas connu d'homme depuis un certain temps, invitez-la à faire un bon dîner puis, après quelques verres, emmenez-la dans quelque quartier tranquille, loin du centre, et arrêtez la voiture dans un recoin discret, à l'abri des lumières. Prenez-la dans vos bras et embrassez-la, elle en sera ravie. Si elle est assez grise, ou bien assez légère, et si vous vous montrez habile, son désir sera si fort qu'elle vous laissera l'attirer sur le siège arrière, où vous la baiserez somptueusement, comme elle le désire. Baissez votre pantalon, asseyez-vous, jambes tendues, et posez sa menotte sur ce quelque chose de dur et de raide. Le souffle court, elle relèvera sa jupe et se mettra à califourchon sur vous pour faire enfin pénétrer, délicieusement, son con palpitant par votre queue bien raide.

Le meilleur choix est celui d'une jeune veuve ou divorcée qui connaît les joies de la baise, et doit se satisfaire régulièrement. Au bout d'un mois environ, il lui manque tellement de sentir une queue bien virile se glisser entre ses cuisses qu'elle n'hésite pas à faire comprendre à un homme à sa convenance, par quelques signes parfaitement reconnaissables, qu'elle se languit d'une bonne baise. Son con a besoin d'être chatouillé, pressé et envahi par une bonne bite bien épaisse, et si c'est vous l'homme qu'elle choisit pour cela, elle vous donnera l'occasion de la prendre et de la foutre pour votre plus grande satisfaction à tous deux.

Certain été, je rencontrai une jeune femme divorcée, qui me montra bientôt que je lui plaisais. Je passais régulièrement prendre le thé chez elle. Nous nous embrassions souvent, et elle embrassait avec enthousiasme, mais je me retenais, curieux de voir comment elle procèderait. Je savais qu'elle me désirait, et elle savait que je la désirais. Un après-midi, après le thé, quelques verres de vin, et quelques baisers plus ardents qu'à l'habitude, elle s'excusa et quitta la pièce. Au bout de quelques minutes, elle m'appela. Je la trouvai sur le seuil de sa chambre à coucher, la porte à demi ouverte, seulement vêtue de la chemise de nuit rose, la plus ravissante, la plus diaphane qui soit, au travers de laquelle sa chair semblait rayonner. Cela se passait de paroles ; je la portai sur le lit et, nus dans les bras l'un de l'autre, nous goûtâmes des heures durant la baise la plus divine, jusqu'à l'épuisement.

Il existe tant de jolis petits cons qui devraient se faire mettre de temps à autre, et si peu qui obtiennent assez de cette délicieuse baise à laquelle ils ont droit. Les jeunes filles commettent l'erreur de garder leur con pour elles, sans jamais l'utiliser, à moins peut-être de se toucher elles-mêmes, ou de laisser quelque autre fille le doigter ou le caresser. Ces distractions sont bien innocentes, et c'est là mieux que rien, certes, mais pour goûter tout le plaisir que leur con peut leur donner, les filles devraient se faire baiser. Bien sûr, baiser avec n'importe qui présente des dangers – horribles maladies, ou enfant sans père. Mais si une jeune fille se montre discrète, et est assez avisée pour ne choisir que des jeunes gens sains et s'assurer que les précautions indispensables sont prises, elle peut s'offrir une bonne vraie séance de baise de temps à autre, sans le moindre danger.

Une fille peut aisément suggérer à un jeune homme ce qu'elle désire sans se montrer trop provocante, et si c'est un homme digne de ce nom, celui-ci sera plus que désireux de la satisfaire. Songez, jeunes filles, à l'excitation de savoir que « ça » va vous arriver ! Tout d'abord, vous aurez peur quand il s'approchera, mais s'il s'agit d'un type bien, il fera preuve de tendresse, vous embrassera, vous lutinera gentiment, de sorte que très vite, vous lui rendrez ses baisers, vous serrerez contre lui et demanderez plus de tendresse encore. Ainsi, vous le laisserez poser sa main sur vos cuisses. Comme ce sera bon, de sentir sa main sur vos jambes nues, s'approchant de plus en plus près de votre con encore vierge ! Qu'il s'attarde là, à vous peloter encore, et vous aurez tellement envie de lui que vous serez ravie et tout excitée en voyant surgir sa longue et forte queue. Alors, allongez-vous, et abandonnez-vous à lui; dégrafez votre corsage, pour qu'il puisse jouer avec vos seins; relevez votre jupe, écartez les jambes, et laissez-le venir entre vos cuisses et fourrer sa queue dans votre con – puis fermez les yeux et goûtez, de tout votre corps, le plaisir que vous donne le premier homme qui vous baise. Allongée là, serrée entre ses bras, vous vous direz : «je me fais prendre ! Je suis une femme désormais, et un homme me baise ! J'ai sa bite bien dure dans mon con, réellement, et cette sensation délicieuse, tandis qu'il va et vient et me bourre, est celle de sa grosse queue qui baise amoureusement mon con.»

Jeunes filles, après avoir une fois connu un garçon gentil et charmant, doté d'une bonne queue solide, vous aimerez la vie, et rien au monde ne vous donnera plus de plaisir que de donner votre con de temps à autre – pas trop souvent – pour ce suprême délice de la baise.

JE VEUX UNE FEMME

Je suis seul, inconnu dans une ville inconnue. Je vois des femmes autour de moi, qui passent dans la rue, mais ce sont des inconnues, toutes. Parmi elles, je vois des visages peints, de brefs regards d'invite, mais je ne veux pas d'une pute, je ne veux pas d'une alcoolique, d'une malade, je veux une femme propre et saine et aimant rire, qui ne dédaignerait pas une petite aventure avec un homme propre et sain.

Car je suis un homme propre et sain ! J'ai roulé ma bosse à droite et à gauche, mais j'ai toujours su garder l'estime de moi-même, je n'ai rien à faire avec cette pourriture que sont les prostituées. Je me suis toujours tenu à l'écart de cette crasse, de ces maladies. Mais je suis un homme, j'ai le désir d'un corps de femme, et il m'est arrivé, souvent, d'aimer des femmes qui se sentaient libres de m'aimer et de prendre le plaisir que je leur donnais, et libres de me donner du plaisir, aussi. Et ces femmes étaient des personnes charmantes, aussi, tout à fait capables de maintenir leur statut de dame, parfaitement, et de bonne épouse, et de bonne mère dans certains cas, tout en se permettant un petit extra, un petit plus de joie de vivre, une nuit ou deux avec moi, de temps en temps.

Cela fait des mois maintenant que je n'ai pas vu de femme, sinon dans les lieux publics. Je me suis contenu trop longtemps – je veux une femme, rien qu'à moi, pour jouer avec, pour qu'elle joue avec moi, pour le plaisir, pour lui donner du plaisir. La nuit, je reste les yeux ouverts, à imaginer le genre de femme qui me plairait. Je ne veux pas d'une gamine, ni d'une jeune fille, ni d'une vierge. Je n'aime pas les fruits verts. J'ai entendu parler de certains hommes qui n'apprécient que les vierges, mais moi, ça m'a toujours semblé être de la perversion. La virginité d'une femme, cela devrait se prendre avec le plus grand romantisme, avec tendresse, dans l'élan d'un jeune amour. Sinon, elle est souillée pour toujours. Un homme, un homme adulte qui piège ou achète une vierge m'apparaît extrêmement brutal. Je n'ai pris qu'une virginité dans ma vie, celle de ma femme, et je n'ai pas le souvenir, ni elle d'ailleurs, d'y avoir à ce point trouvé plaisir.

Non, je veux une femme débarrassée de sa virginité ; mûre pour l'amour, assez expérimentée pour faire la moitié du chemin face à un homme. Une femme d'environ vingt-cinq ans (j'en ai quarante), une jeune épouse ou une jeune veuve, ou bien une célibataire qui ne s'est pas gâtée, sur le plan sexuel, en plaçant trop haut sa vertu ; de préférence une femme qui n'a pas eu d'enfant, et a gardé des seins ferme de jeune fille.

Bien, supposons que je l'aie, cette femme, comment m'y prendrais-je ? Je vais vous le dire. En imaginant que nous nous connaissions assez pour commencer à nous comprendre bien – ce moment où elle devine que j'attends d'elle plus que des dîners ou des tours de piste, et où moi, je pressens qu'elle est prête à me donner plus que cela –, en imaginant, donc que nous nous comprenions, je l'inviterais à dîner et, après lui avoir dit clairement (avec délicatesse, bien sûr), au cours du repas, que je suis très désireux de mieux la connaître, je l'inviterais au bal. En dansant, il est possible, pour un homme et une femme, de se laisser aller à certaines confidences sans avoir à parler. Assuré, par certaines petites réactions, quand je le serre d'un peu plus près en dansant, qu'elle est prête à m'en donner plus, je suggèrerais de prendre un taxi, et dans le taxi, je pousserais le test un peu plus loin, avec quelques tendres caresses. Si elle laisse ma main posée, puis serrée sur sa jambe, au-dessus du genou, alors elle me laissera l'attirer à moi et l'embrasser, et si elle me rend un vrai baiser, en écartant les lèvres, alors il ne me reste plus qu'à lui donner rendez-vous un autre soir, pour goûter des joies plus intimes.

Je possède un petit pavillon très isolé où, le temps venu, je l'emmène discrètement, à la nuit tombée, avec mon auto. Là, elle ôte sa cape et je la conduis jusqu'au salon, où brûle un bon feu de bois, en face d'un grand divan confortable. Peut-être est-elle vaguement troublée déjà, et j'apporte les cocktails. Il est vrai que j'aime bien quand une femme est légèrement grise – pas saoule, mais quand, au bout de deux ou trois verres, elle se sent un peu partie. Généralement, je n'ai pas de mal pour les y amener – si elles acceptent mon invitation, elles boiront, forcément, et cela leur plaira.

Nous sommes installés côte à côte avec nos cocktails – ou bien nos verres de vin – et je m'autorise quelques caresses un peu libres et quelques baisers. Elle me rend mes baisers, et réagit bientôt chaleureusement à mes caresses. Si elle est juste assez pompette, ce sera un jeu que de glisser ma main dans son corsage pour palper ses seins – fermes et bien ronds, délicieux sous la main – puis, avec des baisers ardents, de dégrafer ses vêtements pour dévoiler ses seins. Quelle chose magnifique que les seins d'une femme, si ronds et doux, si blancs, avec de ravissants mamelons rosés, si chauds et délicats ! Je les préfère à toute autre partie de leur corps. Parfois, je me dis que je pourrais me satisfaire entièrement rien qu'avec leurs seins, mes mains et mes lèvres. J'avoue que je n'ai jamais essayé, car je n'ai jamais été obligé de m'en tenir là. En fait, quand un homme parvient à dénuder les seins d'une femme, c'est elle qui ne lui permettra pas d'en rester là !

La voilà donc alanguie dans un coin du divan, baignée par la lueur du feu de bois, les vêtements en désordre, les seins offerts à ma main et à ma bouche. Je les embrasse et les titille jusqu'à ce que le désir monte en elle. Ses mains caressent ma tête, elle se laisse aller en arrière, les yeux clos, parcourue de petits frissons, et commence de murmurer de tendres paroles. Je peux à présent l'assurer de mon amour, ce que je fais avec des mots ardents, tout en enveloppant ses seins de ma paume et en lui couvrant la bouche de baisers. Elle me rend mes baisers, les lèvres entr'ouvertes contre mes lèvres, et ses mains prennent les miennes et les écrasent contre ses seins, tandis qu'elle me retourne mes mots d'amour.

Toujours pressé contre elle, abandonnée sur les coussins au coin du divan, je glisse une main sous ses jupes. Je saisis son mollet, ses genoux; je caresse et j'étreins sa jambe un peu plus haut, plus haut encore, et si sa culotte est de dentelle flottante, je touche bientôt sa cuisse nue. Sans cesser de l'embrasser follement, pressé contre elle, je caresse et malaxe la peau chaude et lisse, remontant de sa cuisse jusqu'à sa hanche, puis le long du ventre, jusqu'à ce que mes doigts rencontrent les poils doux et bouclés qui poussent là. Chatouillant légèrement, du bout des doigts, les frisures soyeuses, je descends doucement, doucement, entre ses cuisses, continuant de chatouiller et de caresser jusqu'à ce que, d'elle-même, elle écarte légèrement les cuisses et laisse ma main trouver et saisir ce qui se trouve entre elles.

Au bout de quelques minutes de ce jeu délicieux durant lesquelles elle se laisse faire, toute passive, à l'exception de ses baisers avides et interminables et d'une pression occasionnelle de sa paume, je commence de défaire mes vêtements, d'une seule main. Dès qu'elle voit mon intention, elle commence de défaire les siens. Alors, je la laisse; son regard me suit avec adoration, tandis que je prépare un autre cocktail que je lui apporte. Celui-là est bien corsé, mais elle le boit d'un coup, comme assoiffée. Puis je la fais se lever et lui murmure à l'oreille que je la veux nue. Je la conduis vers un paravent et reviens vers le divan où j'ôte mes propres vêtements et m'asseois pour l'attendre.

LE MEMBRE D'OR

Il sera peut-être de quelque utilité pour vous, messieurs, d'apprendre à quel traitement de fortification sexuelle me soumit le corps médical.

Pour commencer, je n'avais quasiment pas droit à l'alcool, hormis le cognac ou la bénédictine que l'on m'autorisait juste avant une joute amoureuse avec ma chère Alice, laquelle en buvait également, en même quantité. On m'encouragea a gober des œufs crus, aussi souvent que possible, et j'en prenais toujours trois dès le lever, agrémentés d'une goutte de cognac.

Le bon fonctionnement de mes intestins faisait l'objet de soins attentifs, et chaque jour, je bassinais mes parties génitales à l'eau froide, dans laquelle on ajoutait un trait d'eau de Floride. J'ai le prépuce un peu long, et l'on me conseilla de garder mon gland recouvert, de sorte que le frottement de mes sous-vêtements ne l'irrite pas, avant de l'endurcir.

L'idée était de garder sa sensibilité intacte pour un plus grand plaisir dans la copulation. Mais le pénis devait être d'une propreté scrupuleuse, et l'on utilisait occasionnellement un peu de borax dans l'eau, afin de garder la peau douce et tendre comme celle d'un bébé.

J'étais autorisé à fumer modérément, à prendre de l'exercice, mais jamais à monter à cheval ; et littérature, tableaux, musiques sensuelles conservaient mon esprit tourné vers la chose sexuelle.

Voici ce que fut ma vie, cinq ans durant, et pour chasser la monotonie, on m'encourageait de temps à autre à distraire Nora et Bérénice – pour ne pas parler de Corinne – avec mes charmes si soigneusement cultivés.

Nora m'avait fait don de sa virginité le soir même de mon arrivée au manoir de Brayson, en bordure d'un village anglais.

Elle m'aimait passionnément en dépit de sa pureté d'âme, en fait, et pour elle, recevoir mon membre dans son vagin s'apparentait à un rituel sacré, que l'on ne pouvait pratiquer qu'avec une émotion proche de l'extase.

Les transes de plaisir dans lesquelles je la jetais régulièrement étaient de nature religieuse, et il apparaissait clairement qu'à ses yeux, cet acte n'était ni condamnable, ni immoral.

Bérénice, elle, se montrait plus franchement lascive, son plus grand plaisir étant de prendre ma queue dans sa bouche, mais mon médecin s'opposa formellement à ceci, sauf occasion exceptionnelle. Bien que cette pratique fût inoffensive, on disait qu'elle stimulait tant les nerfs que sa répétition régulière pouvait se transformer en une habitude si agréable qu'elle finirait par exclure la copulation.

Ainsi, se faire sucer la queue, selon le corps médical, n'était pas en soi plus dangereux que d'éjaculer dans le ventre de la femme, ou la masturbation d'une main étrangère, mais on me prévînt que l'onanisme était fatal, pour mon corps comme pour mon esprit, car l'acte en soi usait les nerfs à un point extrême, et cette dépense d'énergie n'étant pas compensée par l'afflux d'ondes magnétiques émanant d'un autre corps, sa fréquence, une fois l'habitude acquise, se révélait destructrice.

J'ai mentionné Corinne, la jeune et fraîche cuisinière, qui me reçut le premier dans son boudoir. Elle ne comptait pas au nombre des nymphes nues qui m'accueillirent et prirent soin de moi au soir de mon initiation, et lorsque je songeai à demander à Alice le pourquoi de cette absence, elle m'en donna la raison: Corinne s'était volontiers fait déflorer par un de mes jeunes domestiques, mais avec une telle violence et une telle brutalité qu'elle s'était révoltée, et avait juré que la copulation n'était pas faite pour elle et, dans son état d'esprit actuel, qu'elle ne s'y adonnerait plus jamais.

Et, continua-t-elle, tant que Corinne assure sa tâche, peu m'importe son point de vue sur la chose, mais elle me trompe parfois, savez-vous. Je vous mets au défi de la circonvenir, de la ramener au plaisir et de la séduire de nouveau.

Comme cette servante était aussi jolie que bien faite, dotée d'une ligne de hanches et de postérieur particulièrement réussie, et d'une grâce singulière dans la démarche, qui dénotait un tempérament tout à la fois lascif et puissant, la tâche ne me répugnait aucunement, mais je constatai que je ne pouvais guère aller très loin.

La fille riait et plaisantait volontiers avec moi, mais ne me permettait pas de la toucher, pas même de lui serrer la main.

Le cas semblait relativement désespéré, jusqu'au jour où j'eus l'idée d'une machination, que je confiai à Alice. Corinne était une fille de la campagne, et n'était jamais allée à Londres. Je demandai donc à Alice de l'envoyer à la capitale faire certains achats pour lesquels il lui faudrait rester plusieurs jours sur place.

Elle ignorait que le train qui l'emportait vers Londres m'emmenait également vers la grande ville. À l'arrivée, Corinne se retrouva effarée, ne sachant où diriger ses pas. Je l'observai sans être vu et, quand un agent appelé au secours lui eût recommandé un hôtel et arrêté un fiacre, je la suivis.

Cet après-midi-là, mademoiselle Corinne tenta d'entreprendre ses achats, mais elle était si empruntée que ce n'était pas chose facile parmi la foule de la grande ville. Deux jours passèrent ainsi, la liste de courses était à peine entamée, et je voyais bien que la pauvre fille se sentait terriblement seule, car elle ne connaissait pas âme qui vive à Londres et, comme chacun sait, se retrouver seul parmi une foule d'inconnus est bien la quintessence de la solitude.

Donc, quand je me présentai chez elle, au deuxième soir de son séjour, elle se révéla folle de joie de me voir, tout simplement parce que j'étais un visage connu.

Je suggérai une pièce de théâtre, et elle accepta volontiers cette distraction. Dans la voiture, après le spectacle, je proposai un dîner, lequel fut également accepté. Sur mon ordre, le cocher nous mena vers un appartement que j'avais loué et fait préparer, et nous nous retrouvâmes dans la ravissante petite salle à manger, devant une table dressée pour deux.

La seule autre personne présente était un serveur discret. Le souper se révéla un succès, ainsi que le champagne – car sous l'effet de ce dernier, Corinne se dégela si bien que je pus lui prendre la main sans qu'elle s'y oppose. C'était là, de fait, un sérieux progrès – mais ce simple geste parut la réveiller.

– Il est tard, je dois rentrer ! fit-elle.

Il y avait beau temps que le dernier plat avait été desservi, mais j'avais fait durer la soirée en parlant, et il était à présent deux heures passées. Je feignis d'être aussi surpris qu'elle et tirai le cordon – pas de serviteur ; je jetai un coup d'œil au-dehors – plus de voiture. Nous nous retrouvions isolés quelque part dans Londres, loin de son hôtel. Que faire ?

– Je dormirai par terre, tout habillée, vous pouvez prendre le lit, dit-elle.

– Mais pensez-vous que je vais permettre une chose pareille ! Non, nous pouvons partager le lit.

– Eh bien, d'accord, si vous me promettez de ne pas poser un doigt sur moi, une fois au lit – et je ne me déshabillerai pas.

– Mais ce serait pourtant infiniment plus confortable, vous devriez au moins ôter vos vêtements de dessus et votre corset.

Corinne, je dois l'avouer, était légèrement perturbée par le vin qu'elle avait bu, et je m'aperçus qu'elle avait quelque difficulté à délacer son corset ; je vins donc à la rescousse et, avant qu'elle eût rien compris, je l'avais prise dans mes bras et j'embrassais fiévreusement ses épaules et son cou.

– Mais enfin, vous aviez promis ! fit-elle en se dégageant, rougissante.

Je commençai de me déshabiller en silence, lentement ; elle avait feint de fermer les yeux, mais je savais qu'elle m'observait entre ses paupières, aussi affectai-je de garder mes parties génitales dissimulées, jusqu'à ce qu'un bâillement soudain, alors que je n'avais plus que ma chemise et ma culotte, me fasse m'étirer, les bras bien haut, faisant ainsi se lever le rideau, pour ainsi dire, sur une queue superbement bandée et palpitante.

Sur quoi, laissant la lampe allumée, je bondis dans le lit, prenant soin toutefois de ne pas froisser les draps. Je demeurai sur le dos, de mon côté de la chaise, garante de vertu, qui nous séparait.

Au bout de quelques minutes, je sentis un petit pied toucher ma jambe nue. Jetant un bref regard à ma compagne de lit, je vis qu'elle m'épiait. D'un geste négligent, j'allongeai un bras au-dessus de son oreiller, et peu après, elle fit de même, de sorte que son bras nu vint se poser en travers du mien. Son pied remonta le long de ma jambe jusqu'au genou, sa main serra doucement mes triceps, puis glissa sur mon épaule, sur mon torse, jusqu'à ce que la chaise entrave sa progression.

« Ne trouvez-vous pas cette chaise encombrante ? » demandai-je, ce à quoi elle répondit, avec par un petit soupir tremblant: « vous pouvez l'ôter, je vous fais confiance pour tenir votre parole. »

Sur quoi j'ôtai la chaise et, revenu dans le lit, fis en sorte de m'allonger un peu plus près d'elle, me forçant, bien que ce fût difficile, à ne faire aucun geste d'invite.

De nouveau, sa main commença d'explorer mon ventre, mes cuisses, pour enfin saisir brusquement l'objet tant convoité.

C'était un effort terrible, mais je parvins à demeurer immobile, alors même que ses doigts entourant ma queue faisaient naître des frissons qui me parcouraient des pieds à la tête. Encore quelques instants, puis elle se jeta sur moi, s'écriant que j'allais la laisser mourir de désir, sans rien faire pour abréger ses souffrances.

Alors, j'agis. Je repoussai les draps, la dévoilant, seulement vêtue d'une chemise courte. Pour ma part, je n'avais plus un lambeau de vêtement sur moi, mais elle se contenta de s'accrocher à ma queue. Souhaitant lui retourner le compliment, je cherchai son vagin, tandis qu'elle écartait complaisamment les jambes pour m'aider.

Au premier chatouillis de mes doigts sur son temple d'amour, elle donna un grand coup de reins. C'était ce que l'on appelle une reddition totale et sans condition.

POSTFACE

Vers 1940, fut publié un des plus curieux livres érotiques confidentiels jamais parus aux États-Unis. À la différence de la grande majorité de la production érotique d'alors, la fiction en était d'une sensualité extrême, presque poétique, et l'écriture d'une habileté quasiment inconnue à l'époque dans ce genre littéraire. L'ouvrage dégageait également un mystère certain. Tous les éléments de la couverture, *jusqu'au titre*, se révélaient faux, ou trompeurs !

Le livre en question était intitulé : « *White Stains*[1], par Ernest Dowson... Publié confidentiellement par Isidore Liseux, Paris » La supercherie était immédiatement repérable. Cet ouvrage semble avoir été publié pour la première fois à New York, et Liseux était décédé depuis presque un demi-siècle. La page de titre annonçait également « cinq illustrations par *Aubrey Beardsley*, dans sa veine la plus érotique », mais nulle illustration, d'aucune sorte, signée de quiconque, n'était visible. Les

1. Nous avons choisi de traduire le titre original, *White Stains*, par Alice et autres nouvelles.

connaisseurs constatèrent aussitôt que l'écriture n'était absolument pas dans la manière du célèbre poète et traducteur anglais fin de siècle Ernest Dowson (plus connu aux États-Unis pour son œuvre publiée à Londres par Leonard Smithers, et sa collaboration avec Aubrey Beardsley et ses amis pour les projets des magazines *Yellow Book* et *Savoy*, également publiés par Smithers). Peut-être, suggérèrent certains, l'auteur était-il un homonyme ?

Mais le titre même sonnait faux. Il existait déjà un ouvrage maudit, obscène, sacrilège intitulé *White Stains*. Chacun savait que ce livre (publié anonymement par Leonard Smithers !), œuvre de Aleister Crowley, Anglais mystique et spécialiste de l'occultisme, s'était vu interdit, saisi et détruit dans le monde entier. Le *White Stains* de Crowley, bien que dans la tradition érotique, avait essentiellement dégoûté ceux qui l'avaient lu.

Au cours des années, ce *White Stains* version 1940 a livré certains de ses secrets. L'homme qui l'a fait imprimer et publier aux États-Unis a pu être identifié, selon toute vraisemblance, comme le new-yorkais Samuel Roth, poète, auteur, libraire, rédacteur en chef, éditeur, pionnier de la vente par souscription, bref, homme de lettres à tous égards. (L'ouvrage imprimé était même entouré de la bande rouge de Roth, comme pour faire un clin d'œil au public de connaisseurs.) Selon Gershon Legman, doyen des éroto-bibliophiles et des amateurs de littérature populaire, Roth aimait tant la musique du titre du livre de Crowley qu'il décida de le réimprimer les yeux fermés. Cependant, une fois l'ouvrage lu, il le trouva trop agressif, trop grossier, et n'osa pas le mettre en impression. Roth, jamais à court d'idées et soucieux de ses intérêts, ne souhaitait pas voir gaspillé l'argent qu'il avait investi dans l'achat de l'ouvrage. Il choisit donc d'oublier le texte de Crowley, tout en conservant le titre à son propre usage, et en lui octroyant un contenu plus agréablement exotique ! L'attribution de ce nouveau livre à Dowson peut être considérée comme une ruse de marketing, typique de Roth, destinée à attirer l'attention de ceux de ses clients par correspondance qui s'intéressaient à la poésie et à la prose de l'excellent poète. Quant au titre, il avait déjà suscité l'intérêt de ceux qui convoitaient le fameux texte de Crowley, frappé d'ostracisme, interdit, et quasiment introuvable.

Qui, dans ce cas, a donc écrit ces six délicieuses nouvelles ? Voilà une question ardue. Ces nouvelles expriment, de manière à la fois simple et lyrique, des impressions érotiques complexes. La sensualité, plus que la sexualité elle-même, en est le thème dominant, bien que les deux soient jumelées et accordées avec finesse. Même dans leurs passages les plus descriptifs, les plus sexuellement explicites, il est difficile de qualifier ces récits d'obscènes ou de pornographiques. Ils sont simplement trop bien écrits pour cela. Dans la forme, le style, le contenu, ils rappellent un grand nombre d'écrits érotiques rédigés à la commande (« un dollar la page »), durant la Dépression, par Anaïs Nin et ses nombreux amis écrivains de New York. Ce recueil intitulé *White*

Stains soutient largement la comparaison avec d'autre textes de Nin, publiés sous son nom pour la première fois à la fin des années 70, dans *Delta of Venus*[1] et *Little Birds*[2]. Il est également dans la même veine qu'une compilation de tapuscrits de 1950, éditée en secret et intitulée *Auletris*, par «*ANIN*».

La façon dont ces textes érotiques ont vu le jour nous donne quelque lumière sur l'identité possible des auteurs des six nouvelles contenues dans *White Stains*. Au cours de la Dépression, le travail était rare, et nombre d'écrivains ne pouvaient trouver de moyen de subsistance dans leur domaine. Un certain type de «littérature» prospérait cependant, la pornographie. Illégale, sous le manteau, en principe inexistante, à moins que vous n'ayiez de bonnes relations et le portefeuille généreux. Le fait est que n'importe quel amateur d'érotisme pouvait s'en procurer sans grandes difficultés. Bandes dessinées de huit pages, fort explicites et produites en série, connues sous le nom de «Tijuana Bibles», courts textes illustrés de seize pages ou plus, connus sous le nom de «readers», étaient disponibles pour un dollar ou moins – somme non négligeable à cette époque, d'où un vaste réseau de prêteurs, vendeurs et revendeurs, largement répandus dans les classes les plus populaires. Pour un peu plus, on pouvait se procurer de vrais romans polycopiés au stencil, ou ronéotypés, voire réellement imprimés et reliés, selon votre budget. Tout au sommet de l'échelle, avec les

1. *Vénus Erotica*, Stock, 1972.
2. *Les Petits Oiseaux*, Stock, 1980.

moyens et les relations nécessaires, on pouvait s'offrir la crème de la pornographie de l'époque – l'ouvrage érotique commandé par un particulier. C'est dans cette perspective de gains considérables, au sein d'une industrie par ailleurs économiquement sinistrée, que fut créée l'*Organization*, comme on l'appellerait plus tard.

En termes simples, l'*Organization* était un groupe, plus ou moins soudé, de libraires, agents littéraires et auteurs résidant dans diverses villes américaines (principalement New York, Chicago et Los Angeles). Lorsqu'un client fiable, amateur de choses « spéciales », demandait à son libraire s'il avait quelque chose de « différent » à lui proposer, sous le comptoir, la réponse était « oui, à condition d'y mettre le prix ». Les écrivains de la Dépression, en manque de travail, d'argent ou même de nourriture, demandaient régulièrement à leurs amis libraires, agents ou éditeurs s'ils avaient quelque projet particulier. Ceux d'entre eux qui faisaient dans l'érotisme décidèrent alors qu'il serait infiniment plus profitable, financièrement parlant, de coopérer, plutôt que de se livrer concurrence. D'autant qu'ils possédaient déjà presque tous une carte commune, un mécène et amateur de première importance, en la personne de Roy Melisander Johnson, magnat du pétrole de Ardmore, Oklahoma.

Roy Johnson prétendait avoir lu et posséder tous les textes érotiques existants rédigés en anglais. Incapable d'apprécier deux fois un ouvrage déjà lu, il décida de commander des textes érotiques inédits, pour son propre plaisir. Il prit contact avec ceux qui, au cours des années, lui avaient fourni des ouvrages pornographiques et des éditions rares, essentiellement des libraires de grandes villes, et leur demanda de lui obtenir deux nouveaux livres érotiques pas semaine. Comme il se déclarait prêt à payer de 100 à 200 dollars par manuscrit de cent pages (et plus si l'auteur était Henry Miller), les libraires se firent une joie de le satisfaire.

Bien que Johnson eût précisé que la moitié de ces sommes devait être versée aux auteurs, ce ne fut pas toujours le cas, et les auteurs des tapuscrits destinés à Johnson ignoraient souvent ce que leur écrits obscènes valaient réellement sur le marché. Nombre de libraires coiffaient également la casquette d'éditeur, et il ne leur était guère difficile, en ces temps de dépression, de trouver des écrivains en difficulté ou au chômage, prêts à fournir à la chaîne des textes érotiques de 100 pages à raison d'un dollar la page, voire beaucoup moins – ce qu'on leur proposait en fait. D'autre part, ils pouvaient trouver, *via* les agents littéraires, d'autres clients intéressés par ce projet, car l'argent était rare pour tout le monde. Les premiers auteurs firent bientôt appel à des amis, qui gonflèrent les rangs des employés anonymes du millionnaire de l'Oklahoma. C'est ainsi que naquit une nouvelle industrie artisanale américaine.

Le fonctionnement interne de l'*Organization*, à l'origine hautement secret, puisque clandestin, a été récemment commenté dans divers ouvrages publiés par d'anciens membres de ce cartel de l'érotisme. Il suffit de lire le *Journal* d'Anaïs Nin (particulièrement le tome 3[1]),

1. *Journal*, Tome 3, Stock, 1971.

Memoirs of a Not Altogether Shy Photographer, de Bernie Wolfe, l'affidavit de Milton Luboviski paru dans l'*Opus Pistorum*[1], par « Henry Miller », ou dans l'une ou l'autre des œuvres de Gershon Legman (notamment son *Horn Book*, son introduction au *Private Case* de Kearney, ou « Le Trucage de Henry Miller » encore à paraître, et *Peregrine Penis)*. Pour la plupart, les auteurs travaillaient seuls, chez eux, à la machine. Ils remettaient le manuscrit achevé à l'agent littéraire local, qui leur donnait fréquemment moins que le dollar par page convenu. Beaucoup trouvèrent de plus en plus ardu, voire parfaitement déprimant, de produire ainsi de la pornographie sur commande. Afin d'alléger leur ennui, plusieurs auteurs new-yorkais décidèrent de se réunir, formant un groupe qui travaillait en commun, pour veiller à leurs intérêts financiers et briser leur isolement.

Anaïs Nin nous décrit magnifiquement la façon dont elle et ses amis (hommes et femmes) rédigeaient ensemble des textes érotiques à plusieurs mains (technique reprise quelques décennies plus tard pour produire des best-sellers tels que *Candy*, de « Maxwell Kenton », et *Naked Came the Stranger*, de « Penelope Ashe »).

Il n'est pas difficile de deviner ce que Roy Johnson exigeait de ses auteurs. Nin relate dans son journal que son patron sans visage se plaignit un jour car il voulait moins de littérature, et plus de sexe, dans les textes qu'il

1. *Opus Pistorum*, Presses de la Renaissance, 1984, disponible dans la collection *Lectures Amoureuses de Jean-Jacques Pauvert*, La Musardine, 1997.

achetait ! Elle nous explique plus loin comment ses amis homosexuels écrivaient les textes érotiques comme s'ils étaient des femmes, tandis que les « coincés » décrivaient des orgies, et que les plus sensibles, les plus chastes du groupe (après lecture du *Psychopatia Sexualis*, de Krafft-Ebing) détaillaient les perversions les plus bestiales. Bernie Wolfe raconte comment il fut exclu du groupe pour avoir exigé plus d'argent, avant de faire affaire avec Henry Miller qui, à cette époque, ne tenait plus à écrire de la pornographie pour le millionnaire. Tous deux conclurent un accord selon lequel Wolfe continuerait de rédiger des textes pornographiques que Miller présenterait comme siens, sur quoi ils se partageraient les un ou deux dollars supplémentaires par page que le millionnaire consentait à verser pour tout écrit de la main de « Henry Miller ». (D'un point de vue strictement littéral, Johnson en avait pour son argent, car l'agent new-yorkais recevait effectivement ces manuscrits *de la main* de Henry Miller.)

La confrérie des auteurs anonymement commandités par Johnson était impressionnante. Outre les noms déjà cités, on trouvait là Robert Sewal (auteur du brillant pastiche *The Devils Advocate*), Clement Wood (écrivain, poète et *bon vivant**), Robert De Niro Sr. (poète et père du célèbre acteur), Robert Braag (alias « Bob De Mexico »), Caresse Crosby (riche veuve du célèbre éditeur de Black Sun Press, expatrié à Paris), Jack Hanley, Gene Fowler, Anton Gud, George Barker (le poète anglais), Virginia Admiral (le peintre), Harvey

* En français dans le texte (N.d.T.)

Breit, Robert Duncan, Clifton Cuthbertson, Lupton Wilkinson, Paul Little (l'auteur érotique américain le plus prolifique, avec plus que quatre cents titres à son crédit), et de nombreux autres, dont les noms et les œuvres ont sombré dans l'obscurité littéraire au cours des années.

Gershon Legman a raconté comment il a cédé sa place dans l'*Organization* (il rédigeait des épisodes pour la très populaire série de récits connus sous le titre de *Oxford Professor*) à son ami Robert Sewal, car il s'apercevait qu'écrire des textes pornographiques le rendait impuissant, grief repris plus tard par Henry Miller ! Lorsqu'on réclama une suite à *Oxford Professor*, dans un délai très court, d'autres écrivains furent recrutés pour collaborer. C'est ainsi que cette série devint une compilation de nouvelles écrites par divers auteurs entre 1937 et 1950 environ, la branche new-yorkaise de l'*Organization* fournissant la suite du premier texte.

La façon dont ces histoires séparées devinrent des compilations imprimées n'est pas sans rapport avec la création de *White Stains*. Legman, Sewall et les autres apportaient tous leurs chapitres aux intermédiaires, et recevaient leur salaire. Se rendant compte que l'on pouvait tirer parti de ces textes par d'autres moyens, les agents et autres revendeurs commencèrent de faire tirer pour leur propre compte des copies et copies-carbone des tapuscrits originaux, lesquelles copies étaient louées ou vendues à d'autres clients.

Les auteurs eux-mêmes ne tardèrent pas à les

imiter, et commencèrent également à garder des copies-carbone de leur travail, à leur propre usage. Le millionnaire, pour sa part, recevait les originaux, et ne soupçonna probablement jamais que les textes qu'il commandait de manière privée circulaient largement. Régulièrement, la demande se faisant plus pressante, plusieurs de ces nouvelles se voyaient publiées en un seul volume par ces chevaliers d'industrie, pour leur plus grand bénéfice, et à l'insu de Johnson.

Un exemple bien connu et représentatif de cette pratique est la publication des nouvelles qui composent la série *Oxford Professor*. La première de ces compilations fut *An Oxford Thesis on Love*, publiée en 1938. Gershon Legman en a identifié l'auteur, Lupton Wilkinson, écrivain d'origine anglaise travaillant à Hollywood. Les huit courts récits qui composent ce volume semblent avoir été rédigés à l'attention de Roy Johnson, quand le magnat du pétrole commençait de commander des manuscrits inédits pour son plaisir. L'année suivante, *An Oxford Thesis on Love* était suivi par *The Passionate Pedant*, formant une suite au précédent, et rédigé par les auteurs new-yorkais. Ces deux ouvrages étaient grossièrement imprimés au stencil, et agrémentés d'illustrations érotiques par le bientôt célèbre Emile Ganzo, fondateur de l' « École de Woodstock ». Au fil des ans, d'autres recueils d'histoires ainsi reliées apparurent, imprimées, sous les titres de *Torrid Tales, South of the Border, The Professor's Tale,* et *The Oxford Professor*. Ce dernier ouvrage qui semble avoir été publié vers 1950, au format in-octavo, médiocrement imprimé en offset, et illustré de copies de tableaux et photos érotiques déjà publiées. Il était en outre mal relié à la colle par un éditeur qui avait acheté plusieurs copies-carbone des écrits de l'*Organization* à l'un des anciens collaborateurs de celle-ci.

Il existait également une autre voie pour divulguer les tapuscrits commandités, comme l'illustre la dispersion du texte érotique connu sous le nom d'« *Opus Pistorum* de Henry Miller ». Ainsi qu'en témoignent certains courriers échangés entre les auteurs, des copies des nouvelles érotiques écrites par les new-yorkais de l'*Organization* furent remises à Henry Miller lorsqu'il traversa les États-Unis en 1941, dans l'espoir de trouver, entre New York et la Californie, des éditeurs ou des libraires désireux d'acheter ou d'imprimer les copies à l'intention de leur propre clientèle. Miller remporta un certain succès, et d'autres copies lui furent envoyées par la poste au cours de son voyage. C'est ainsi que ces histoires se répandirent, et que le nom de Henry Miller y demeura attaché de manière indélébile, bien qu'il les ait désavouées pendant des années.

Quelles sont alors les réponses aux questions que pose le *White Stains* de 1940 ? En théorie, l'on peut imaginer que Sam Roth ait intercepté des copies-carbone des tapuscrits destinés à l'Oklahoma, ou bien qu'il ait lui-même commandé des textes (bien que ce ne fût pas son genre), ou encore qu'il ait acheté des copies aux intermédiaires qu'il connaissait dans le milieu de l'édition, avant de les imprimer discrètement, pour réaliser son rêve d'éditer lui-même un ouvrage intitulé « *White Stains* ».

L'identité réelle du/des auteur(s) de la prose délicate qui compose *White Stains* restera probablement toujours source de spéculations. Ces nouvelles évoquent irrésistiblement ce grief que notait Anaïs Nin dans son journal en décembre 1940, lorsqu'elle écrivait que le commanditaire anonyme pour lequel elle et ses amis rédigeaient des textes érotiques originaux était mécontent de leur travail, car il le trouvait trop *poétique* ! Ce commanditaire anonyme devait être le susnommé magnat du pétrole Roy M. Johnson, lequel avait bien précisé qu'il voulait des narrations simples et directes, bien centrées sur le sexe, sans philosophie ni psychologie. (De toute évidence, il échappait à Johnson que le cerveau, et non l'entrejambe, est la partie la plus érogène du corps humain.) Des recherches récentes sur les textes les plus fameux de la production érotique à « un dollar la page », ceux qui deviendront l'*Opus Pistorum*, attribué à Henry Miller, laissent penser que l'auteur de ces nouvelles serait Caresse Crosby, l'amie d'Anaïs Nin et de Virginia Admiral, veuve de l'éditeur expatrié Harry Crosby, dont la Black Sun Press, à Paris, connut un renom international dans les années vingt et trente. Toutefois, les similarités remarquables qui existent entre les nouvelles de *White Stains* et celles que Nin a revendiquées comme siennes – vocabulaire, syntaxe, point de vue, rythme, etc. – ne peuvent être niées.

Au fil des ans, ce recueil a été presque oublié. Personne n'a ouvertement déclaré en être l'auteur, et jusqu'à la présente édition, seuls ceux qui ont eu la chance de trouver un exemplaire de cet ouvrage original, de plus en plus rare, ont pu savourer le raffinement du plaisir qu'il offre.

C. J. Scheiner
New York, 1995.

Collection
Lectures amoureuses de Jean-Jacques Pauvert

Déjà parus dans la collection :

N° 1 – Anonyme, *Ma vie secrète T.1, Premières armes de Walter*
N° 2 – Friedrich-Karl Forberg, *Manuel d'érotologie classique* précédé de *La Porte de l'âne*
N° 3 – Françoise Rey, *Des camions de tendresse*
N° 4 – Pierre Louÿs, *Histoire du roi Gonzalve et des douze princesses / Pybrac / La Femme*
N° 5 – Anonyme, *Confession sexuelle d'un anonyme russe*
N° 6 – E.T.A. Hoffmann, *Sœur Monika*
N° 7 – Gérard Zwang, *Le Sexe de la femme*, nouvelle édition augmentée
N° 8 – D. A. F. de Sade, *La Philosophie dans le boudoir*
N° 9 – (Pigault-Lebrun), *L'Enfant du bordel*
N°10 – Henry Miller, *Opus pistorum*
N°11 – Joë Bousquet, *Le Cahier noir*
N°12 – Anonyme, *Ma vie secrète T.2, Servantes et filles de ferme*
N°13 – Janine Aeply, *Éros zéro*
N°14 – Baffo, *Œuvres érotiques*
N°15 – Spaddy, *Colette ou les amusements de bon ton*
N°16 – Mario Mercier, *Le Journal de Jeanne*
N°17 – José Pierre, *Qu'est-ce que Thérèse ? C'est les marronniers en fleurs*
N°18 – Gabrielle Wittkop, *Le Nécrophile*
N°19 – Boyer d'Argens (?), *Thérèse philosophe*
N°20 – Pierre Louÿs, *Trois filles de leur mère / Douze douzains de dialogues / Manuel de civilité à l'usage des petites filles*
N°21 – Alfred de Musset, *Gamiani ou Deux Nuits d'excès*
N°22 – Restif de la Bretonne, *L'Anti-Justine*
N°23 – Pierre du Bourdel (Pierre Mac Orlan), *Mademoiselle de Mustelle et ses amies*
N°24 – Connie O'Hara, *Clayton's College*
N°25 – Adolphe Belot, *Les Stations de l'Amour*
N°26 – Michel Bernard, *La Négresse muette*
N°27 – Anonyme, *Les Tableaux vivants*
N°28 – Emmanuelle Arsan, *Emmanuelle Livre I : La Leçon d'homme*
N°29 – Emmanuelle Arsan, *Emmanuelle Livre II : L'Antivierge*
N°30 – Spaddy, *Dévergondages*
N°31 – Une Célébrité Masquée, *Le Roman de Violette*
N°32 – Maurice Heine, *Recueil de Confessions et Observations psycho-sexuelles*
N°33 – Effe Géache, *Une nuit d'orgies à Saint-Pierre Martinique*
N°34 – Marie L., *Confessée*
N°35 – Capitaine Charles Devereux, *Vénus Indienne*

N°36 – Anonyme, *L'École des filles*
N°37 – Anonyme, *Mémoires d'une chanteuse allemande*
N°38 – Poésie érotique, *Quinze Chefs-d'œuvre du* XVIIe *au* XXe *siècle*
N°39 – Annick Foucault, *Françoise Maîtresse*
N°40 – Louise Dormienne, *Les Caprices du sexe*
N°41 – Paul Verguin, *Presque un an*
N°42 – Jean Bruyère, *Roger, ou les à-côtés de l'ombrelle*
N°43 – Pierre du Bourdelle, *Aventures amoureuses de Melle de Sommerange*
N°44 – Anonyme, *Mémoires de Miss Coote*
N°45 – Anonyme, *Mademoiselle M*
N°46 – Collectif, *Théâtre érotique, Volume 1*
N°47 – Anonyme, *Ma vie secrète, T.3, Prostituées, dames du monde et demi-mondaines*

Imprimé en France sur Presse Offset par

BRODARD & TAUPIN

GROUPE CPI

La Flèche (Sarthe), le 28-08-2003.
20095 - Dépôt édit. : mars 2001.
Collection 07. Edition n° 02.